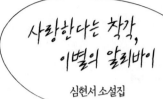

사랑한다는 착각,
이별의 알리바이

심현서 소설집

사랑을 기다리거나, 이별을 준비 중인 당신에게

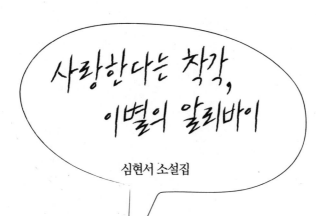

사랑한다는 착각,
이별의 알리바이

심현서 소설집

담아심

차례

사랑한다는 착각

사람으로 말하자면 남자는 속력에서 여자는 지구력에서 상대적 우위를 갖고 있다 그러니까 남자의 속력은 종의 기원에 속하고, 여자의 지구력은 연애의 기원에 속한다

—박제영, 「남녀체질백서」에서

*

성가대는 예배 시간보다 한 시간 일찍 교회에 도착해야 한다. 헐레벌떡 뛰어보지만 늘 지각이다. 조심스럽게 문을 열고 들어서면 으레 몇몇이 흘끔 쳐다본다. 무릎을 낮춘 걸음으로 눈치를 보아가며 자리를 찾아간다. 짝이 오지 않아 심심했던 영은이 의자를 빼주며 환하게 웃는다.

영은과 내가 짝이 된 이유는 단순하다. 성가대 안에서 내가 가장 키가 크고, 그 다음이 영은이다. 그래서 우리는 소프라노 파트 가장 뒷자리에 나란히 선다. 그 외에도 성가대 안에서 가장 나이가 젊은 편이고, 우리 둘만 미혼자다. 영은은 그냥 미혼, 나는 미혼모라는 게 차이라면 차이일까.

"언니, 나 어제 소개팅 했어요."

영은은 요즘 부쩍 외로움을 타는 것 같았다. 서른한 살의 나이에 아

직 이렇다 할 연애도 못 해보았다니 어쩌면 당연한 일이다.

"표정 보니 마음에 들었나보네."

"네. 근데 그 오빠가 오빠, 동생으로 지내재요."

영은은 어제 소개팅 한 남자를 오빠라고 한다. 하긴 나를 처음 만났을 때부터 살갑게 언니, 언니 하던 영은이 아닌가. 영은의 타고난 천진함을 탓할 순 없는 노릇이다.

"그럼 만나지 마."

나는 영은의 한마디에 무언가 대단한 것이라도 간파한 듯, 연애의 고수인 양 태연히 말을 한다.

"왜요? 왜요?"

영은은 궁금해 미치겠다는 표정이다.

"이따가."

연습 시간에 지각을 한 것도 모자라 잡담부터 한다는 게 눈치가 보여 괜히 영은을 애타게 만든다.

영은은 미인이라고 할 수는 없지만 그렇다고 어디 하나 못난 구석도 없다. 키도 큰 편이고 날씬하기까지 하다. 갸름한 얼굴에 검게 윤이 나는 긴 생머리, 이목구비도 큼직큼직하니 반듯하게 자리를 잡았다. 늘 쾌활하고 마음씨도 따뜻하여 영은에게 사회복지사라는 직업은 무척 잘 어울린다. 따지고 보면 어디 하나 나무랄 데가 없다. 그런데 왜 지금까지 이렇다 할 연애도 못 했을까. 까놓고 말하자면 매력이 없다는 거다. 여자인 내가 보아도 딱히 남자를 끌어당기는 이렇다 할 매력이 없어 보인다는 점이다. 외모도 성품도 너무 반듯한 게 오히려 아마 매력을 깎아 먹고 있는지도 모르겠다.

어제 소개팅에서 만났다는 그 남자, 오빠 동생으로 지내자고 했다는 그 남자의 심리도 불 보듯 뻔하다. 영은을 그냥 차버리기엔 아깝고, 그렇다고 당장 연애를 시작하고 싶은 정도로 설렘을 느끼진 못했을 거다. 오빠, 동생이라는 명분으로 저 심심할 때나 만나 영은을 좀 더 탐색하면서 한편으로는 끊임없이 새로운 소개팅을 할 것이다.

세상에 반은 여자고 반은 남자라는데 남자와 여자는 한 번도 질적 균형을 이룬 적이 없다. 여자에 비해 남자는 잘나고 못난 것이 더 극명하게 갈리기 마련이다. 여자들이야 작은 키는 하이힐로 감추고, 못난 얼굴은 그림을 그려 감추고, 그것마저 안 되면 헤어스타일을 바꿔가며 자신의 못난 부분을 그런대로 감출 수 있다. 거리를 활보하는 여자들이 엇비슷해 보이는 건 그런 까닭이다. 그러니 결국 모두가 거기서 거기, 특별히 못난이가 아니라면 대부분 비슷해 보인다. 하지만 남자는 어떤가. 여자들처럼 자신의 못난 부분을 가리고 감추는 게 결코 쉬운 노릇이 아니다. 그러니 못난 자신의 모습이 적나라하게 드러난다. 물론 요즘은 남자들도 키높이 구두를 신고 화장도 하는 시대라지만 어찌 여자들을 따라올 수 있겠는가. 그러니 남자의 경우 아직까지는 잘나고 못남이 타고난 그대로 드러나는 경우가 많다. 원빈 같은 잘난 남자를 길거리에서 보기 어려운 까닭이다.

게다가 실제 세상은 여자보다 남자에게 스펙과 직업에 더 까다로운 잣대를 들이댄다. 세상이 여자보다 남자에게 유리한 구조라는 건 옛말이다. 남자가 인정을 받기 위해선 갖추어야 할 게 참 많지만, 여자는 미모 하나로 많은 것들을 상쇄할 수 있다. 이런 걸 다 갖춘 남자는 천연기념물에 가까운 지경이다. 그들은 평범한 남자들보다 번식력이 좀 더 강한 편이고 인류는 계속 종자 개량이 이루어지고 있는 중이라 아직 멸종 위기를 염려할 필요는 없다.

수많은 여자들의 시선이 그 얼마 안 되는 잘난 남자들에게 몰리고, 그런 남자들은 가만히 있어도 여자들이 알아서 좋아라 해주니, 보통의 남자들이 여자의 사랑을 얻기 위해 벌여야 하는 피나는 노력을 굳이 할 필요도 없다. 아니, 자신들은 세상에 널린 여자들 중에서 마음에 드는 대상을 그저 취사선택하면 된다고 생각하기도 한다. 영은이 첫눈에 반할 정도의 남자라면 그도 이미 지금까지 많은 여자들의 환심을 사왔을 테고, 그런 경험이 쌓인 서른이 넘은 남자라면 그 정도의 셈법은 충분히 갖추었을 거다.

　예배가 끝난 후, 함께 점심을 먹으며 이런 내 생각을 영은에게 얘기했다. 편하게 오빠, 동생으로 만나자고 했지만 그 만남의 키는 남자가 쥐게 될 것이다. 그런 만남이라도 상관없을 만큼 그 남자가 좋은 게 아니라면 그 남자는 더 이상 만나지 않는 게 좋겠다. 남녀 관계란 게 처음에는 남자가 을, 여자가 갑인 듯하지만 시간이 지날수록 그 관계가 전복되는 게 일반적인데, 시작부터 네가 을이라면 너만 내내 애태우다 끝나게 될 것이다. 영은은 이런 내 말에 혼란스러운 표정이다. 내 말이 맞는 것 같기도 하지만 아닐 수도 있다는 희망을 채 버리지 못하는 듯했다.

*

　교회를 다니게 된 건 아주 우연한 일로 시작되었다. 아이와 함께 마트에 갔다가 고교 동창을 만났다. 거의 10년 만인데, 그 친구는 내 이름을 크게 부르며 호들갑스레 달려왔다. 워낙 사교성이 좋은 친구였다.
　"어머, 너 결혼했구나. 아이가 참 잘 생겼네. 결혼식에 연락도 안 하고 서운하다 얘. 우리가 그런 사이였니?"

우리가 그런 사이였나. 아무튼 너무 서운해하는 표정을 짓는 바람에 결혼을 한 건 아니라고 실토할 수밖에 없었다. 커피 한 잔 하자는데, 아이를 핑계 대며 돌아섰다. 전적으로 혼자서 아이를 키워야 하는 고충은, 아이 엄마로 살면서 겪어야 하는 고충은 수만 가지는 될 거다. 그래도 한 가지 좋은 점을 찾자면 아이를 핑계로 가기 싫은 자리를 피할 수 있다는 거다. 그렇게 지금 이 불편한 순간을 모면하려 했던 건데, 그 친구는 굳이 연락처를 물으며 다음날 전화를 걸어 집으로 찾아오겠다고 했다. 그녀의 적극성에 휘말려 그만 집을 알려주고 말았다.

10년 만에 만난 그 친구가 뜬금없이 내뱉은 말은 교회에 함께 가자는 거였다. 하나님이 어쩌고, 목사님이 어쩌고를 한참 떠들다 마지막에 보탠 말은 우리 목사님은 장애인이나 미혼모 같은 사회적 약자도 우리 교회에 와서 잘 적응할 수 있는 공동체로 만들겠다는 철학을 지니신 분이라는 거였다. 워낙 무엇에든 쉽게 빠지고 싫증도 잘 내는 친구였기에 그 친구의 말이 그렇게 신뢰가 가는 것은 아니었지만, 한 번 확인해보고 싶은 마음이 발동했다. 나도 사회적 약자가 아닌 평범(?)한 사람들과 어울려 살아보자 그런 다짐을 하며 그렇게 교회에 발을 딛게 되었다. 교회 안엔 휠체어를 타고 다니며 환히 웃고 있는 사람들도 여럿 있었고, 내가 이곳에 정착하여 성가대까지 하고 있는 걸 보면 그 친구의 말은 어느 정도 맞은 셈이었다.

사람들은 나와 아이를 열렬히 환영하며 맞아주었다. 하지만 조금만 대화가 길어지기라도 하면 으레 내가 미혼모가 된 사연을 궁금해했다. 그때마다 나에겐 사랑하는 남자가 있었고, 그렇게 아이가 생겼고, 우리는 결혼할 예정이었지만 안타깝게도 그가 사고로 죽었다고 얘기했다. 반은 사실이고 반은 거짓이었다. 사랑하는 남자의 아이가 생긴 것과 그가 사고로 죽은 것은 사실이지만 그는 아이가 생긴 걸 환영하지 않았고 그와 나는 오랜 실랑이 끝에 헤어졌다. 그리고 채 1년도 지나지 않아 그의 누나로부터 그가 교통사고로 죽었다는 소식을 들었다. '아이를 임신하고 버려진 여자'보다는 죽음이 갈라놓은 슬픈 사랑의 주인공이 진부하더라도 사람들에게 덜 불쌍하게 보일 것 같았다. 하지만 사람들은 '그래서?' '왜?' '어떻게?' 하며 더 자세한 얘기를 듣고 싶어 했다. '드라마나 보세요' 하고 싶었지만, 사람들은 잘 짜진 드라마보다 가까운 사람의 구질구질한 실화를 더 좋아했다.

그와 헤어지고 하루도 그를 잊고 지낸 날은 없었다. 그에 대한 원망과 그리움이 복잡하게 얽혀 감정은 어떤 결론도 내리지 못하고 있었다. 이미 남이 된 사람이라고 생각하고 있었지만, 그가 죽었다는 소식을 들었을 땐 그와 헤어질 때보다 더 큰 슬픔이 몰려왔다. 아이가 자라면서 말을 하기 시작하고 말이 점점 많아지고 그런 아이의 언어에 맞추어 아이와 대화를 하면서 바쁘게 보내다가 더 이상 매일 그 사람을 생각하지 않게 된 나를 발견하곤 이제 좀 다른 사람들처럼 평범하게 살아보자고 결심을 하던 중에 그 친구를 만나 여기 왔는데, 사람들이 자꾸 아이 아빠에 대해 궁금해하는 바람에 대답을 할 때마다 무디어져갔던 감정이 자꾸만 고개를 들고 찾아왔다. 나와 가장 많은 얘기를 하면서도 나에게 아무것도 묻지 않은 건 영은밖에 없었다.

*

그 다음주에도 나는 여전히 지각을 했다. 내가 지각을 하는 이유는 늘 같다. 변비 때문이다. 일찍 일어나는 건 할 수 있지만, 아무리 일찍 일어나도 변이 나오는 시간은 늘 같다. 일찍 일어나면 일어날수록 변기에 앉아 있는 시간이 길어질 뿐이다. 변비만 있다면 그래도 지각까진 안 할 수 있는데, 치질까지 나를 괴롭힌다. 변을 보고 좌욕을 10분 이상 해야만 하루를 무사히 보낼 수 있다. 지각을 할까 봐 그냥 뛰어나갔다가는 엉덩이를 좌우로 틀며 하루 종일 억지 섞은 웃음을 지어가며 버텨야 한다. 그러니 지각을 하더라도 만반의 준비를 하고 외출을 해야만 하루를 잘 견딜 수 있다.

이미 학습지 강사로 베테랑이란 말을 듣는 나의 출근 시간은 오전 11시. 예배의 시작 시간도 오전 11시. 그렇게만 산다면 큰 문제는 없었을 텐데, 하필이면 왜 학창 시절 내내 합창단 활동을 했던 기억을 떠올렸던 것일까. 나는 교회에 오자마자 성가대에 들어갔다. 아이 엄마(그것도 미혼모)가 할 수 있는 부담 없는 취미생활. 평범한 사람처럼 살아보기의 첫 번째 도전이었다. 치질 때문에 늘 지각을 하며 눈치를 보는 것쯤은 감내해야 했다.

성가대 연습실 문을 여는 순간 늘 그렇듯 몇몇의 시선이 문 쪽을 향했고 나는 죄인 같은 표정을 지으며 자리에 앉았다. 영은은 어쩐 일인지 어느 때보다도 나를 반겼다.
"언니 말이 맞았어요."
"그래? 왜?"
"어제 전화해서는 전날 소개팅한 여자에 대해 얘기하는 거예요. 그러면서 만나서 밥이나 먹자 그러는 거예요. 같이 밥 먹을 사람이 없다는 말까지 하면서요."
"대놓고?"
"네, 미친!"

영은의 입에서 나올 수 있는 최고의 욕(?)이다.

"심한데. 그래서?"

"바쁘다고 했죠. 다시는 연락하지 말라고."

좀 잘났다 싶으면 많은 여자들이 알아서 좋아해주니, 저도 모르게 그런 오만과 독선이 생기는 건 어쩌면 그들만의 잘못은 아닌지도 모르겠다. 한 주 동안 영은을 설레게 했던 그 남자는 생각보다 싱겁게 퇴장해버렸다. 다행이라고 해야 하나, 불행이라고 해야 하나. 세상엔 그런 남자들이 꽤 많으니 불행이라고 말할 것까지는 없겠다. 오히려 그런 걸 영은이 빨리 알아차리고 만나지 않겠다고 결심한 건 다행 쪽에 가까운 일이다.

*

일요일 저녁 성가대원들의 회식 자리에 나는 아이를 데리고 갔다.

결혼도 하지 않은 채 혼자서 아이를 낳겠다고 하자 엄마는 기를 쓰고 말렸다. 아무리 말려도 내가 뜻을 굽히지 않자 엄마는 마침내 절대 당신에게 아이를 봐달라고 부탁하지 말라고, 절대로 아이를 봐주지 않겠다고 선언했다. 언니는 엄마가 두 아이를 돌봐주고 있어서 워킹맘의 삶을 비교적 잘 살아내고 있는 중이었다. 나는 가족들에게도 인정받지 못하는 사회적 약자였다.

아이를 혼자 키우며 웬만한 저녁 약속은 거절해야 했고, 친구들과의 모임엔 아이를 데리고 다녔다. 그렇게 지내다보니 저녁에 만나자고 하는 사람이 점점 줄어들었다. 어느새 그것이 당연한 것처럼 살아왔다.

오랜만에 생긴 저녁 모임이어서 좀 들뜬 기분으로 회식 자리에 갔다. 메뉴는 아구찜. 교우가 운영하는 식당이다. 직장인 저녁 회식 손님이 주로 많은 식당이어서 일요일엔 문을 열지 않지만, 성가대원들을 위해 오늘만 특별히 문을 열었다고 한다. 그래서 손님은 우리밖에 없었다. 목사님과 부목사님 부부, 성가대원들 30여 명이 모여 홀의 절반을 차지했다. 영은과 나는 회식 자리에서도 짝인 것마냥 아이를 가운데 앉히고 나란히 앉았다. 술병이 보이지 않는 저녁 회식 자리는 처음 보는 낯선 풍경이었다. 어떻게 아구찜을 술 없이 먹는단 말인가. 그러나 이 자리를 낯설어하는 건 나뿐이었다. 음식이 다 나오고 나서도 목사님의 식사 기도는 장황하게 이어졌다. 기도하는 내내 음식이 식어버리면 어쩌지 하는 걱정으로 가득했다. 기도가 끝났는데도 사람들은 젓가락을 들지 않았다. "목사님 먼저 드세요.", "아니에요. 장로님 먼저 드세요." 그리 주고받으며 지루하게 아름다운(?) 실랑이를 벌이고 있는 것이 아닌가.

"엄마, 밥은 언제 먹어?"

아이가 내가 하고 싶은 말을 했다. 그제야 사람들은 웃으며 젓가락을 들었다. 아이가 먹을 것이 별로 없는 식탁인데도 아이는 들떠 있었다. 저도 오랜만에 여러 사람과 함께 있는 것이 좋은 모양이다. 급기야는 내게만 보여주던 우스꽝스런 춤을 추는 것이 아닌가. 모두 아이의 모습을 웃으며 지켜본다. 술자리를 겸한 여느 저녁 모임 때처럼, 아이를 데리고 가서 지인들이나 다른 손님의 눈치를 볼 필요가 없는 게 다행이라고 생각하던 찰나였다.

"희찬이가 요즘 아주 밝아졌어요."

유치부 예배를 담당하고 있는 부목사의 아내가 아주 당당하고 큰소리로 말을 한다. 그 말 속엔 소심하고 우울해 보였던 미혼모의 아들을 자신이 공들여 이런 밝은 모습의 아이로 만들어놨다는 자부심이 짙게 깔려 있었다.

"집에서는 늘 이러고 놀아요."

잠시 적막이 흘렀다. 나의 말보다 굳어버린 내 표정 때문일 거다. 교회 안에서 지금의 나처럼 싸늘한 표정을 짓는 사람을 아직까지 보지 못했다. 물론 내가 내 표정을 볼 순 없지만 불편한 감정을 가득 담은 내 표정을 충분히 짐작할 수 있었다.

부목사가 화제를 돌려 사람들은 다시 웃기 시작했다. 부목사가 무슨 말을 했는지는 기억이 나지 않는다. 부목사는 개그맨이 되려다 실패하여 목사가 된 것이 아닌가 하는 생각이 들 정도로 유머러스한 사람이었다. 그래서 그가 있는 자리는 늘 웃음으로 가득했다. 어쩌면 그게 교회 안에서 그의 역할인지도 모르겠다.

아이를 혼자 키우면서 그런 일은 내가 각오한 것보다 훨씬 자주 발생했다. 모두가 이해하는 듯, 인정하는 듯, 관대한 듯하지만, 그 밑바닥에 깔려 있는 저열한 선입견이 불쑥불쑥 튀어나온다는 걸 그들은 자각하지 못하는 듯했다.

"네, 다 사모님 덕분이에요"라고 태연히 웃으며 말해야 했다. 아이가 태어난 지 5년이 넘었는데도 이런 일에 아직 익숙해지지 못하고 나는 매 번 날을 세운다. 평범한(?) 사람들 속에 섞여 평범하게 살아가고자 하는 나의 바람이 너무 큰 욕심이었나 보다. 그래도 버텨본다.

*

늘 성가 연습에 지각을 하고 사람들의 눈치를 보며 자리에 앉고 영은은 웃으며 의자를 빼어주고 그렇게 몇 주가 지나갔다.

"언니 나 남자친구 생겼어요."

특별히 달라진 게 없었지만 요즘 영은이 묘하게 예뻐진다고 느끼던 참이었다.

"어머, 축하. 어떻게 만났어?"

복지관에서 우연히 만났어요. 오늘 예배에 올 거예요. 이따가 예배 끝나고 소개해드릴 게요.

하는 말마다 명언이라 느끼며, 마치 어록을 만들기라도 할 것처럼 열심히 노트에 받아 적었던 목사님의 설교가 1년쯤 지나니, 또 그 얘기네 하는 생각이 들며 슬슬 싫증나기 시작했다. 설교 말씀을 받아 적던 노트에 영은과 글씨로 대화를 나눈다.

"남친은 어디?"

"왼쪽 뒤예요."

성가대원의 자리는 오른쪽 앞에서 강대상이 있는 정면이 아닌 왼쪽 벽면을 바라보고 있는 구조라 살짝 고개를 돌리기만 하면 왼쪽 뒤를 살필 수 있다. 몇몇의 얼굴을 살피다가 어렵지 않게 영은의 남자친구를 찾을 수 있었다. 익숙한 얼굴들 사이에 낯선 얼굴. 얼굴도 하얗고 건장한 체격의 청년이 눈에 띄었다.

"완전 미남."

내가 노트에 적었더니 영은은 웃는 표정을 그렸다. 영은이 연애를 시작했다는 사실이 반가웠고 그의 남자친구가 미남이라서 더 기분이 좋아졌고 수업시간에 짝과 낙서하며 딴짓하던 학창 시절이 떠올라 유쾌해졌다.

영은의 남자 친구를 다시 한 번 보려고 고개를 돌리던 순간 목사님과 눈이 마주쳤다. 딴짓하다가 걸린 건 난데 목사님이 더 무안한 표정이다. 제대로 못 들었지만 미혼모, 적응, 평화 등의 단어를 들은 거 같다. 온화한 표정으로 그런 말씀을 하시다가 나와 눈이 마주치고 표정이 굳어진다는 건……. '동성애자 혹은 트랜스젠더가 와도 잘 적응할 수 있는 교회를 만들자고 목사님이 말씀하신다면 성도들이 어떤 반응을 보일까?' 문득 궁금해졌다.

"편견과 차별이 없는 세상을 만들기 위해 선진 문화를 이끄는 열차가 출발했습니다. 열차는 일만 미터 고지를 향해 오르는 중입니다만 이제 막 백 미터 지점을 통과하고 있습니다."

*

예배가 끝나자마자 영은은 들뜬 표정으로 내 손을 잡아끌며 로비로 데려갔다.

"언니, 내 남자친구예요."

영은이 소개하는 남자는 휠체어에 앉아 있었다. 놀란 내 표정을, 애써 태연한 척 웃으려 노력했던 내 표정을 그가 읽어내지 못하길 바라는 마음으로 웃으며 인사를 나눴다. 그러나 그는 내 놀란 표정을 분명히 읽었을 것이다. 그도 나처럼 수없이 그런 상황을 마주하며 살아왔고 살아가고 있는 중일 테니까.

영은의 남자친구는 휠체어에 앉아 있을 뿐이지, 가까이에서 보아도 예배 시간에 먼발치에서 본 것 그대로 건장한 체격에 꽤 미남에 속하는 얼굴이었다. 영은과 그의 남자친구와 함께 점심을 먹고, 영은과 나는 다음주 성가 연습을 위해 성가 연습실로 올라갔다.

"어쩌다 그랬다니?"

"교통사고를 당했대요. 스무 살 때."

"……."

"농구 선수였대요."

다리만 잘린 게 아니라 꿈도 미래도 완전히 무너졌겠구나 생각하니 더 가슴이 저렸다.

"요즘에 정신 나간 애들이 얼마나 많은데, 다리 하나 없는 게 뭐 문제겠어."

정신 나간 애들이란 말 앞에 '지난번 소개팅했던 남자처럼'이란 말은 안 했지만, 영은은 자기도 그렇게 생각한다면서 밝게 웃었다.

영은의 가족들은 영은의 선택을 어떻게 받아들일까. 내가 아빠 없는 아이를 낳겠다고 하자 가족들은 한 생명을 죽이는 것이 사회적 편견과 고달픔으로부터 평생을 시달리는 것보다 쉬운 선택이라는 듯이 말했다. 물론 그들이 나를 사랑하는 방식이었을 거다. 혼자 아이를 낳고 이만큼 사는 동안 그들의 말이 옳았다는 것을 수없이 느꼈다. 영은의 가족들도 내 가족과 같은 방식으로 영은을 사랑하는 사람들일까 궁금했지만 차마 물어볼 순 없었다.

*

성가대를 합창단쯤으로 여기고 섣불리 덤빈 건 나의 불찰이었다. 그들은 예배의 참석 횟수와 헌금의 양이 믿음의 증표라는 듯이 성가대원이면 일요일 저녁 예배에도 참석하고 구역 예배에도 참석해야 한다는 은근한 압박을 가하기 시작했다.

교회의 창립 기념일이라고 일요일 저녁 예배가 쉬이 끝나지 않았다. 설교가 길어지는 건 참을 수 있었는데, 예수님의 가장 큰 가르침은 사랑이라며 다 함께 일어나 서로에 대한 사랑을 표현하자는 데는 당혹하지 않을 수 없었다. 갑자기 어떻게? 노래로?

모두가 자리에서 일어나 양 손바닥을 천장을 향해 들고 방향은 옆 사람을 가리키며 그 사람을 사랑스런 표정으로 바라보며 노래를 부른다.

"당신은 사랑받기 위해 태어난 사람. 당신의 삶 속에서 그 사랑 받고 있지요."

교우라 할지라도 안면만 있을 뿐 대화 한 번 나눠보지 못한 사람이 수두룩하다. 아예 처음 보는 사람이 옆자리에 앉기도 한다. 그런데 그 사람을 갑자기 사랑스런 눈길로 바라보라니, 서로가 어색하긴 마찬가지다. 그러나 교회 안에서는 목사님이 시키면 다 한다. 그것만도 어색한데, 노래가 끝나자 목사님은 옆에 있는 성도를 안고 "사랑해요"라고 말하라고 한다. 잘 알지도 못하는 사람에게 사랑한다고 말하라니.

소녀 시절 그 말의 무게가 너무 무겁게 느껴져 첫사랑에게조차 한 번도 해보지 못한 말을 잘 알지도 못하는 사람에게 해야 하는 상황이 우스웠다. '사랑합니다. 고객님'을 외쳤던 회사가 어디였더라. 그들이 '사랑한다는 말'을 망쳐놓지 않았던가. 사람들이 주춤거렸다. 옆에 있는 사람이 이성일 때는 더욱 그랬다. 분위기를 눈치 챈 목사님은 자리를 이동해서 자기가 사랑한다고 말하고 싶은 사람에게 가서 사랑한다고 말해도 좋다고 했다. 사람들은 그제야 이리저리 옮겨 다니며 자신과 친한 사람을 찾아다녔다. 물론 남자끼리 여자끼리 서로를 안으며 사랑한다고 했다.

여기는 기독교인가 유교인가를 생각하고 있는데, 성격이 활달한 여자 집사가 평소 사역을 함께했던 남자 집사에게 다가가 벌컥 끌어안으며 장난스럽게 사랑해요를 외친다. 장내는 웃음바다가 되었다. 거기까진 좋았다. 목사님이 분위기를 놓칠세라 여자 집사의 용기를 칭찬했다. 그랬더니 많은 남자 집사들이 그 여자 집사에게 다가갔다. 그러는 동안 잠시 줄이 만들어지기도 했다. 여자 집사는 자신의 인기가 벅찬 듯 행복한 미소를 지었다. 그 여자 집사는 한 주 동안 각 구역 예배마다 화젯거리가 되었다. 그렇게 어제의 사랑은 오늘의 썹을 거리가 되었다.

그 후로도 영은은 꼬박꼬박 남자친구와 함께 교회에 왔다. 나만 보면 무엇이든 말하고 싶어 했던 영은이 어쩐 일인지 점점 말수가 줄어들었는데, 그건 보기 좋게 탱탱했던 영은의 볼이 꺼져가는 속도와 비슷했다. 시간이 흐르고 이제는 내가 먼저 말을 시켜야만 대답을 하는 정도가 되었다.

"난 오빠랑 모든 걸 함께 나누고 싶거든요. 회사에서 있었던 일, 나의 고민들 뭐 이런 사소한 것들 말이에요. 근데 오빠는 내가 하는 말에 별로 반응을 안 보여요. 니가 하는 고민들은 고민도 아니라고 자꾸 핀잔을 주니까 점점 말을 못 하겠어요."

농구를 하던 사람이 다리를 잃었으니, 영은뿐만 아니라 세상 모든 사람들의 고민이 얼마나 하찮게 여겨질까. 그래서 비슷한 사람끼리 만나야 잘 산다고 하는 어른들의 말씀이 맞는 건지도 모르겠다. 그의 마음도 영은의 마음도 아프기는 마찬가지였으리라.

영은의 남자친구는 다리만 불편한 게 아니라 자주 합병증을 앓는다고 했다. 손끝에서 발끝까지 쉼 없이 우리 몸 안을 돌아다니는 피가 균형을 잃었으니 몸에 병이 찾아오는 것도 당연한 일일 것이다.

"그 마음이 오죽하겠어. 더 따뜻하게 감싸줘."

"그리고 사람들이 자꾸……."

영은이 울먹이기 시작했다.

"사람들이 왜?"

"우리가 얼마 가지 못할 거라고……."

영은은 남자친구의 병치레나 히스테리보다 사람들의 말에 더 깊은 상처를 받고 있는 듯했다.

"무시해. 사람들은 원래 남의 말을 쉽게 잘도 하니까."

고작 이런 말을 하면서, 영은이 예전처럼 환히 웃으며 자신의 사랑을 확신하길 바랐으나, 나의 말이 전혀 위로가 되지 못했는지 영은은 이제 예전처럼 환하게 웃지 않았다.

*

영은이 교회에 나오지 않았다. 한 주 정도야 참을 만했는데, 다음주에도 영은이 나타나지 않자 마음이 허전했다. 내가 지각을 할 때마다 영은이 왜 나를 그렇게 반겼는지 이해가 되었다. 영은을 위해 다음주부터는 좀 더 서둘러야겠다고 생각했다. 성가대원들은 '영은이 또 얼마 가지 못할 연애 놀음에 정신이 팔려 하느님도 외면한다'며 쑥덕거렸다. 지휘자는 영은의 빈자리를 보며, "오, 주여!" 하며 한숨을 내쉬었다. "왜 안 와? 나 심심해." 영은에게 메시지를 보냈다. 다음주엔 꼭 가겠노라고 답이 왔지만, 영은은 그 다음주에도 교회에 나오지 않았다.

얼마 후에 영은이 암에 걸렸다는 소식이 들려왔다. 영은은 이제 고작 서른두 살이다. 술, 담배도 일체 할 줄 모른다. 그냥 가벼운 종양일 거라고 믿고 싶었지만, 영은의 상태는 생각보다 꽤 심각한 모양이었다. 세상엔 믿을 수 없는 일과 믿기 힘든 일이 수시로 일어나는데, 그런 일은 대개 인과응보와는 거리가 멀다고 느껴졌다. 이 일로 인해 영은과 남자친구가 서로의 아픔을 보듬으며 더욱 사랑이 깊어지는 상상을 하며 영은을 기다렸다.

몇 주가 지나고 영은은 수척해진 얼굴로 교회에 나왔다. 영은의 남자친구는 자기 몸 하나 간수하기도 벅차다며 영은 곁을 떠났다고 한다. 영은에게 연속으로 닥쳐온 시련을 두고 나는 차마 아무 말도 할 수가 없었다. 그렇지. 아픈 사람들끼리 함께하면 얼마나 더 힘들어지겠어. 잠시나마 동화에서나 나올 법한 기대를 했던 나의 어리석음에 실소가 나왔다. 아직도 내게 그런 순진함이 남아 있었나. 그건 아마 영은에게 전염된 것이었을 거다.

사람들은 영은의 병에 대해선 슬퍼했지만, 이어진 이별에 대해선 떠나간 남자친구를 은혜도 모르는 나쁜 놈으로 묘사하곤 했다. 자신들이 믿음이 깊어 예언의 은사라도 받은 양 의기양양해하며 영은에게 아는 척을 했다.

영은은 다시 교회에 나오지 않더니 몇 주 후, 결혼 소식을 알려왔다. 이미 상견례도 마쳤고 결혼 날짜까지 잡았다고 한다. 신랑은 영은을 7년 동안 짝사랑해온 남자라고 한다.

"그런 사람 한 번도 얘기한 적 없잖아?"

영은은 쑥스러운 듯 웃고 만다. 늘 자신 곁을 맴돌다가 영은이 아프고 이별까지 겪자, 용기를 내었는지 적극적으로 구애를 해왔다고 한다.

아직도 그런 순애보를 지닌 남자가 있다는 건 감동적인 일이었다.

몸이 아픈 영은을 며느리로 받아들이는 시부모님들은 어떤 분들일까. 그 분들에 대한 존경의 마음을 품고 영은의 결혼식장으로 향했다. 결혼식장은 근처에서 가장 규모가 큰 웨딩홀이었었는데, 그 규모가 무색할 정도로 많은 하객들로 붐비었다. 아마도 시부모님이 엄청난 재력가인가 보다고 추측만 할 뿐이었다.

그렇지. 그런 순애보를 발휘하는 데도 수저 빨은 작용했다. 그런데 왜 그런 순애보의 주인공이 미남이면 안 되는 걸까. 영은의 신랑을 보는 순간, 영은의 시부모님에 대한 경외심이 절반 정도는 줄어들었다. '영은을 떠난 전 남자친구는 나쁜 사람'이고 '영은을 오래도록 짝사랑했다는 지금의 저 신랑은 좋은 사람'이라고 난 말하지 못하겠다. 다만 영은이 편안한 환경에서 치료를 잘 받을 수 있다면 그것으로 된 거다.

영은은 결혼 후 휴직을 하고 치료에만 집중했다. 다시 볼에도 살이 보기 좋게 차오르고 있었는데, 영은의 남편이 다른 지역으로 발령이 났다고 한다.

이제 성가 연습실에 들어가도 웃으며 의자를 빼어주는 이가 없다. 다른 사람들에게는 채워진 옆자리가 내게는 비어 있다는 건 생각보다 많이 쓸쓸한 일이었다. 2인용 책상이라지만 모두가 혼자 앉아 있다면 나는 아마 덜 쓸쓸했을 것이다. 아니 다른 사람들은 모두 짝이 있더라도 처음부터 내게 영은이라는 짝이 없이 혼자였다면 이렇게 허전하지는 않았을 것 같다.

얼마 후 영은은 페이스북으로 친구 요청을 해왔다. 영은은 낯선 도시에서 하루 종일 집에 있기가 지루하다고 했고, 나는 네가 없는 교회가 점점 가기 싫어진다고 했다. 영은은 그러면 안 된다고 나를 말렸고, 난 어린 양처럼 영은의 말을 듣기로 했다.

영은은 남편이 퇴근길에 사 온 꽃이나 케이크 사진을 주로 페이스북에 올렸다. 누가 봐도 다정한 신혼부부의 일상이었다. 사진 아래 짤막한 글 속엔 남편에 대한 고마움과 사랑받는 여자의 행복함이 읽혔지만, 아주 가끔씩 올리는 셀카 속엔 포토샵으로도 가려지지 않는 쓸쓸한 눈빛도 묻어나왔다.

영은이 암에 걸리지 않았다면 전 남자친구와 헤어지지 않았을까. 지금 영은은 그때보다 행복할까. 답도 없는 생각을 잠시 해본다.

*

연말이 되니, 평소보다 할 일이 많아졌다. 그렇지 않아도 바쁜 날들의 연속인데, 교회에서는 성탄절 행사 준비를 하겠다고 하니 주말에도 제대로 쉴 수 없었다. 예배가 끝나고 오후 성가 연습 중이었는데 사건이 벌어졌다.

내가 직접 보지 못해 정황을 알지 못했지만, 교회 유치부 교실에서 놀고 있던 우리 아이가 저보다 한 살 어린 아이의 얼굴에 시뻘겋게 손톱자국을 냈다는 것이다.

전도사님이 나서서 사건을 수습하려 했다는데 실패했는지 피해를 당한 아이 아빠에게 전화가 걸려왔다. 그 남자는 점잖은 목소리로 우리 아이를 저보다 어린 약자를 괴롭히는 비열한 사람으로 묘사하며, 우리 가정의 문제와 우리 아이의 미래를 걱정하고 있었다. 나는 통화가 길어지는 게 싫어서 미안하다는 말만 했다. 상대가 피해자라고 하니 보상을 하겠다고도 했다. 그 남자는 마치 우리 아이의 미래만을 걱정하는 의로운 사람인 것처럼 아주 관대한 말투로 그럴 필요는 없다고 했다. 마침 아이가 문을 열고 들어오기에 나는 서둘러 통화를 끝냈다.

"왜 이제 와?!"
아이도 제가 무얼 잘못한 걸 아는지 내 눈치를 보고 있었다.
"어떻게 된 거야?"
"아니, 걔가 자기는 태권도를 배워서 힘세다고 막 자랑을 하는 거야. 나는 일곱 살이고 지는 여섯 살이면 내가 형이잖아. 근데 막 야, 야, 하면서……. 그러더니 날 때리는 거야. 그래서 나도 때렸어. 같이 막 때리는데, 진짜 걔가 나보다 힘이 센 거야. 그러면서 자꾸 약을 올려서……."
아이는 피해자 아빠라는 그 남자와 정반대의 얘기를 하고 있었다. 그 아이든 우리 아이든 아이들도 저 유리하게 상황을 각색할 줄 안다는 게 놀라울 뿐이었다. 피해자 아이의 아빠가 그랬듯 난 우리 아이의 말을 믿었다.
"아무리 화가 나도 그러면 안 돼."
내 말투에 노기가 사라진 걸 느꼈는지 아이는 알았다고 하며 와서 안기었다. 어디를 헤매고 다녔는지 아이의 옷은 땀범벅이었다.
"우선 좀 씻자. 엄마한테 혼날까 봐 이제 온 거야?"
"처음엔 그랬는데, 놀다가 까먹었어."
아이의 말에 혼자 하루 종일 속을 태운 게 억울해진다.
"빨리 씻어."
"엄마, 나도 태권도 다니면 안 돼? 힘 세지고 싶어."
"그래."
아이는 폴짝폴짝 뛰면서 욕실로 들어갔다. 그런데 뻔한 월급에 태권도 학원비는 어디서 구해야 하나 고민이 됐다. 아이가 샤워를 하는 동안 서러움이 밀려오며 영은이 보고 싶어졌다. 페이스북을 열었다. 영은의 타임라인에 영은은 한 달째 아무런 말이 없었고, 그녀의 지인들이 영은을 그리워하는 메시지들만 줄줄이 이어졌다. 영은이 지인들의 메시지를 읽으며 슬픔보다 당황스러웠다. 이렇게 갑자기 떠났다는 게 도저히 믿기지 않았다.

*

치질이 더 심해져 병원에 갔다. 의사는 수술할 정도로 심한 건 아니라고 그냥 이렇게 살아가라고 한다. 교회에 내는 헌금으로 아이를 태권도 학원에 보내기로 했다. 그러고도 돈이 남는다. 나는 불편한 취미생활을 그만 접고 그 시간에 필라테스를 배우기로 했다.

사랑할 수 없는

1. 불편한 연애

*

비가 그쳤는데도 밤공기는 눅눅하다. 재환의 차가 내 집 앞에 멈추었다.

"데려다 줘서 고마워요."

"잠시만요."

차에서 내리려고 하는데, 재환은 무슨 할 말이 남았는지 머뭇거린다. 그의 수줍음을 귀엽게 봐주기에도 지칠 즈음에서야 그는 트렁크를 열고 무언가를 꺼내 든다. 화려한 포장지에 싸인 장미꽃이다.

"우리가 만난 지 백 일이더라구요. 그냥 지나가기가 서운해서 준비했는데, 영 쑥스럽네요."

이걸 받아야 하는 나도 쑥스러운데 그는 오죽했을까. 엄밀히 말하면 우리가 만난 지 백 일은 아니다. 우리가 키스한 지 백 일이라고 해야 맞는 것이다.

그는 반년 전에 나의 근무지로 발령이 났다. 유난히 수줍음이 많아 보였던 그가 회식이 끝나고 날 바래다준다고 했다. 이곳에서 근무한 지

10년에서 1년이 모자란다. 그동안 회식이 끝나고 집에 바래다준다는 동료는 한 번도 없었다. 처음 당하는 일이라 당황스러워 긍정도 부정도 아닌 애매한 태도를 보이는 사이, 재환은 용감하게 택시를 잡아 나를 먼저 태웠다.

자기 하소연을 하고 싶어서 나를 바래다준다고 했나 보다. 택시를 타고 오는 내내 재환의 얘기를 들으며 드는 생각이었다. 늙은 노모에게 아이들을 맡기고 출근을 해야 하는 상황, 그래서 쉬는 날이면 노모와 아이들을 챙기느라 자기 삶은 전혀 없는 불쌍한 홀아비의 사연. 누가 들어도 구질구질한 얘기였다. 과음을 했는지 속은 거북했고 적지 않은 나이의 남녀가 나누는 이런 대화를 택시 운전사는 어떻게 듣고 있을까 내내 신경 쓰여 재환의 얘기에 집중할 수가 없었다. 빨리 택시에서 내리고 싶었다.

아파트 입구에서 혼자 내리겠다고 했는데 재환은 군이 따라 내렸다. 시원한 밤공기를 맞으니 울렁거리던 속이 편해지며 마음도 한결 가벼워졌다. 연민이었을까, 동지애였을까, 취기였을까 아니면 반항심이었을까. 올해 유난히 일찍 피어버린 벚꽃 향기 탓이었을 거다. 우리는 키스를 했고 그 다음날부터 백 일째 연인 비슷한 흉내를 내고 있는 것이다.

꽃다발을 준비한 그의 정성보다 꽃다발을 포장한 기술의 진화가 더 감동적이다. 20년 전 남편과 연애할 때가 생각났다. 연애한 지 몇 달 안 돼 내 생일이었고, 남편은 지금 이 남자와 비슷하게 쑥스러운 듯 꽃다발을 내밀었다. 한동안 잊고 지냈던 남편과의 추억이 이 사람을 만나고부터 하나둘 고개를 들고 찾아온다. 두 번째 연애란 불편한 게 예상보다 훨씬 많았다.

재환의 차가 떠나고도 나는 잠시 집 앞에서 머뭇거렸다. 꽃을 들고 들어가기가 조금은 민망했다. 버리고 들어갈까 잠시 생각하다가 그냥 이대로 집으로 들어가기로 했다. 이미 늦은 시간이고 어울리지 않는 이 꽃다발까지 들고 있지만 난 당당할 것이다.

*

남편이 죽은 지 10년이 넘었다. 외롭지 않았다고 말하면 거짓말이겠지만 그렇다고 꼭 연애를 하고 싶다거나 남편이 필요하다고 생각하진 않았다. 아니, 이미 외로움에 익숙해진 탓이겠지. 남편이 죽고 얼마 동안은 불쑥불쑥 밀려오는 그에 대한 생각에 미쳐버릴 것 같은 순간들이 모든 생활 속에서 찾아왔다. 가장 어이없는 건 쓰레기를 내다 버릴 때마다 남편 생각이 나는 거였다. 첫째를 낳고 다니던 직장을 그만두면서부턴 대부분의 집안일은 내가 했지만, 쓰레기 버리는 일만큼은 늘 남편이 맡아 해주었다. 그가 없으니 이제 이런 것까지 내가 해야 하는구나. 그리움도 참 이기적이다.

남편이 내 곁을 떠난 그즈음, 내게선 남편만 떠난 게 아니었다. 남편은 출장 중 교통사고를 당했다. 갑작스런 일이었다. 내게 닥쳐온 이 끔찍한 상황을 이해하지도 못한 채 장례식을 치렀다. 남편과 나는 캠퍼스 커플이었다. 조문 온 대학 동창들은 나보다 더 슬퍼 울었다. 그들의 울음이 번진 탓일까 참았던 서러움이 밀려오고 나도 따라 울기 시작했다. 그렇게 때로 한바탕 눈물을 쏟아내고 나니 허기가 몰려왔다.

동창들이 자리한 상 한 귀퉁이에서 나도 육개장을 먹었다. 허기를 채우려 밥을 먹는 나를 여자 동창들은 신기한 듯 바라봤다. 한 친구가 '슬픔을 잘 이겨내니 장하다'는 말을 했다. 한 친구는 자신은 남편이 죽으면 아무것도 못 하고 따라 죽을 거 같다고 했다. 또 한 친구는 남편은 있으나마나 한 존재라고 했다. 그랬더니 너나할 것 없이 남편에 대한 불만들을 꺼내며 한마디씩 거들었다. 대학 때 남편을 짝사랑했었다는 그 친구는 인생살이 새옹지마라며 자신이 내 남편과 결혼하지 않은 게 얼마나 다행인지 모르겠다고 했다. 그리고 한 친구는 그나마 출장 중에 죽어서 다행이라고도 했다. 너나없이 이말 저말 떠들어대더니 오늘 이 장례식의 주인공이 자신의 남편이 아니라는 것에 안도한다는 결론을 내리며 가슴을 쓸어내렸다. 그러고는 나에게 아이들을 생각해서 힘을 내고 살라고 하는 것이었다. 아마도 내가 지들을 죽이기라도 할까 봐 나의 아이들을 상기시켜주는 것 같았다. 그들의 입을 찢어버리는 상상을 하며 억지로 배웅을 했다. 그때 나에게는 소중한 사람을 함께 잃은 시어머니만이 내 마음을 알아주는 유일한 내 편인 거 같았다.

남편을 잃은 대신 사고 보상금과 퇴직금이 생겼다. 출장 중 죽어서 다행이라는 그 말이 자꾸 생각났다. 인정할 수밖에 없는 현실이 역겨웠지만 별 도리가 없었다. 그러나 매달 들어가는 생활비와 아이들 교육비를 계속 이렇게 감당할 수는 없는 노릇이었다.

공무원 시험을 준비하겠다고 하자 시어머니는 살던 동네를 버리고 우리 집으로 와서 가사와 육아를 맡아주겠다고 했다. 이 기회에 시어머니가 살던 집과 우리 집 전세금을 합쳐 조금 큰 아파트로 이사를 했다. 위로한답시고 찾아오는 동창들도 떼어내어야 했으니 잘된 일이었다. 이제 막 초등학교에 입학한 아이와 말썽 많은 네 살짜리 아이를 시어머니에게 맡겨두고 도서관으로 출근하며 독하게 공부했다. 불안한 나날이었다.

남편은 자상하고 좋은 사람이었다. 남들이 평생 동안 나눠줄 사랑을 10년 동안 다 쏟아 부어주었으니 좀 빨리 갔다고 해서 원망할 필요는 없는 거라고 생각했다. 이렇게라도 생각하지 않으면 청상에 과부가 되어버린 나의 신세를 어떻게 받아들여야 할까. 나를 한없이 불쌍하게 바라보던 동창들의 말을 인정하기 싫어서 그렇게 내 삶을 각색하며 나를 위로하는지도 모르겠다.

공부를 시작하고 일 년 반 만에 시험에 합격했다. 시어머니는 계속해서 가사와 육아를 전담해주었다. 난 가장으로 시어머닌 주부로 그렇게 우린 새로운 가족 관계를 만들었고 서로 협력하며 살았다. 대신에 쓰레기를 버리는 일은 내 몫이 되었다. 그것이 주부를 배려하는 마음이라는 걸 이전부터 알고 있었기에 자처한 일이었다. 살기 위해 힘을 합쳐야 했던 우리는 서로의 눈치를 보긴 했지만 대부분의 일에서 협력과 배려가 이루어졌다. 여느 집에 흔한 부부싸움 같은 것이 있을 리 없었고 아이들도 다행히 잘 자라주었다. 조금 외로운 것 말고는 문제가 없었다. 아니 없는 척하며 살아왔다.

평온했던 삶에 균열이 온 건 얼마 전의 그일 때문이었다. 대학생이 된 딸아이가 조심스럽게 그러는 거였다.

"엄마도 이젠 연애도 좀 해. 엄마의 인생을 살아야지."

가장으로서 아등바등 달려온 십여 년. 엄마의 삶이 어린 딸의 눈에도 애처롭게 보였나 보다. 맞다. 난 여자였지. 잊고 살아왔다. 어느 덧 딸이 자라 엄마의 삶을 안쓰럽게 여기다니 그래도 난 잘 살고 있었구나. 내 살아온 삶이 보상받는 기분이었다. 하지만 그런 기분도 잠깐, 방에서 나온 시어머니가 버럭 아이에게 고함을 지르는 것이었다. 엄마에게 못하는 소리가 없다며 아이를 향해 퍼부어대는 시어머니의 일장 훈계는 차라리 독설에 가까웠다. 잘못한 것도 없이 할머니에게 봉변을 당한 딸아이는 끝내 울음을 터뜨렸다.

이미 혼자된 지 10년이 넘은 엄마에게 연애 좀 하라고 한 것이 무에 그리 잘못한 일이란 말인가. 하지만 아이의 편을 들기도 애매한 상황이었기에 그저 무력하게 아이가 당하는 것을 지켜보고만 있었다.

내가 출근한 동안 아이들을 살뜰히 챙겨주고, 밖에서 밥은 먹고 다니는지 혹시라도 아픈 곳은 없는지 다정하게 물어주던 시어머니였다. 내가 당신 딸이었어도 아이의 말에 그렇게 화를 냈을까. 내 편인 줄 알았던 시어머니가 낯설게 느껴졌다.

그날부터 이상한 오기가 발동했다. 연애하리라. 그리하여 시어머니를 더 노엽게 할 수 있다면. 그런 내 각오를 응원해주는 듯 재환이 내 눈앞에 나타났던 거다.

지금 이 모습을 보고 시어머니가 행여 노여운 표정을 보인다면 다음엔 보란 듯이 외박을 해보겠노라 우스운 각오를 하며 비장하게 현관문을 열었다. 현관에 놓인 신발들을 보면 가족들의 귀가 상태를 알 수 있다. 딸아이는 아직 안 돌아왔고 아들은 집에 있다. 방문이 굳게 닫혀 있는 걸 보니 또 게임을 하는 모양이다. 그런데 우리 가족의 것은 아니지만 익숙한 신발 하나가 더 있었다. 아이들 고모의 신발이었다.

근처에 살고 있는 아이들 고모가 집에 자주 들르는 건 알고 있지만 그건 보통 내가 출근한 동안의 일이어서 나와 마주치는 법은 거의 없었다. 그런데 오늘은 웬일인지 늦은 시간임에도 돌아가지 않고 있었다. 남편이 출장을 갔거나 아이들이 캠프를 떠났거나 하는 아주 사소한 이유일 거라 생각하며 시어머니의 방문을 열었다.

"저 왔어요."

'이제 오냐'는 대꾸가 없다. 다만 고모와 시어머니 모두 멍한 눈으로 나를 바라본다. 내가 용기 내어 집 안까지 들고 들어온 꽃다발 따위에는 시선조차 주지 않는다. 무슨 일이 있긴 있나 보다.

"무슨 일이 있나요?"

두 사람은 멍한 표정만 지은 채 여전히 아무런 대꾸도 없다. 이쯤 되니 모녀의 넋을 빼버린 사건이 도대체 뭘까 궁금해졌다. 두 사람 곁으로 다가가 앉았다. 그들 사이엔 어느 회사의 사보 하나가 펼쳐져 있었다. 이게 뭐라고 이들을 저리 넋 놓게 했을까.

"무슨 일인데 그러세요?"

나는 대답도 듣기 전에 그들 사이에 놓인 사보를 집어 들었다. 우수 기업 선정이라는 커다란 타이틀 아래 연구원들이 활짝 웃고 있는 사진이 있었다. 대수롭지 않게 사진을 들여다보다가 나는 그만 얼어붙고 말았다. 그 안에 남편의 얼굴이 있는 것이다. 10년이란 세월의 흔적이 고스란히 녹아 있지만 분명한 남편의 얼굴이었다.

"이게 무슨?"

"언니가 봐도 오빠 같지요. 아무리 사진이래도 너무 똑같잖아. 엄마, 오빠 혹시 쌍둥이였어?"

"아이구, 미친 것. 수선떨지 말어."

술을 많이 마신 것도 아닌데 갑자기 취기가 확 올랐다.

"고모, 이거 제가 좀 가져가서 봐도 되죠?"

"네, 그러세요. 근데 뭐 어쩌려구. 그냥 닮은 사람일 거야."

아이들 고모와 시어머니는 내가 오기 전까지 무척이나 놀라고 고민했던 모양인데, 그에 비해 허무하게 결론을 내려버리고 말았다. 조용히 방을 나왔다.

샤워를 하고 좀 맑은 정신으로 사진을 다시 들여다본다. 그냥 닮은 사람이겠지. 더구나 사진인데 하면서 난 사진 속의 남자와 남편의 다른 점을 찾으려 애쓰고 있었다. 그런데 보면 볼수록 사진 속의 남자는 눈동자며 웃음까지 남편과 너무 닮아 있었다. 사진 속 인물들의 이름으로 시선을 돌린다. 당연히 남편의 이름은 없었다. 잠시나마 그 속에서 남편의 이름을 찾으려 했던 내 자신이 우스웠다. 어찌 거기에 남편의 이름이 있을 수 있단 말인가. 10년 전에 이미 장례식도 마쳤고, 사망 신고까지 내가 직접 가서 하지 않았던가. 그저 닮은 사람을 보고 죽은 남편일지도 모른다는 상상을 하다니. 예수도 아니고 무엇이 나에게 부활에 대한 근거 없는 희망을 함부로 심어주고 있단 말인가. 상상의 도가 지나친 요즘 드라마 탓을 해본다. 세상에 똑같은 사람은 없다지만 닮은 사람은 얼마나 많은가. 괜히 쓸데없는 사진을 들고 와서 파문을 일으킨 아이들 고모가 공연스레 원망스러웠다.

사보를 던져버리고 불을 끄고 누웠다. 휴대폰이 울렸다. 재환의 메시지다. 우리는 각자 집에 들어오면 전화 통화를 하는 법이 없다. 워낙 문자 메시지가 보편화된 세상이기도 하지만 재환과 내가 통화를 하지 않고 문자 메시지를 주고받는 건 그런 대세에 편승한 행동만은 아니었다.

재환은 초등학생인 두 아들과 어머니와 함께 살고 있었다. 어머니가 아이들의 양육을 맡아주고 계시니 늘 눈치가 보인다고 했다. 재환이 퇴근하자마자 초등학생 두 아들이 하루 동안 어떤 말썽을 부렸는지로 시작되는 어머니의 이야기는 재환이 저녁밥을 다 먹을 때까지 이어진다고 했다. 어머니의 하소연을 단축시키려면 저녁을 조금이라도 빨리 먹을 수밖에 없었고 그러다보니 늘 속이 불편해 어느 순간부턴 아예 밖에서 저녁을 먹고 퇴근한다고 했다.

"어머니도 그렇게라도 스트레스 푸셔야죠. 노인네한테 애들 맡기는 제가 죄인이죠 뭐."

재환은 하소연 끝에도 효자다운 마무리를 잊지 않았다. 내 어린 자식을 돌보느라 허리가 굽어가는 노모 앞에서 어찌 연애하는 티를 낼 수 있겠는가. 우리가 눈치를 봐야 하는 대상은 한둘이 아니었다. 공부하라는 부모 몰래 연애를 하는 10대들보다도 우리는 더 조심스러웠고, 너무 조심스러워 초라했다.

*

직원 휴게실에 들어서니 여직원들의 웃음소리가 요란하다. 입사한 지 얼마 되지 않은 20대 직원들이다.

"뭐가 그렇게 좋아?"

"하영 씨 어제 소개팅했대요."

미나가 뒤를 돌아보며 일러준다.

"마음에 들었나 보네."

"네, 완전."

"사람 한 번 보고 어떻게 알아? 너무 김칫국 마시는 거 아냐?"

슬기는 늘 이성적이다.

"필이란 게 있잖아. 이건 운명이야. 근데 그 사람 여자친구가 있었는데 여친이 취업하자마자 직장 상사랑 바로 눈이 맞아 떠나버렸대. 너무 이기적이지 않아요? 그 여자?"

"뭐, 흔한 스토리네. 멀리서 찾을 필요도 없잖아."

슬기가 미나를 슬쩍 보며 말을 한다.

미나는 이곳에 들어온 지 석 달 만에 총무과 박성호와 커플이 됐고, 비밀 연애를 하던 둘은 겨우 한 달 만에 슬기에게 들키고 말았다. 그런데 박성호와 사귀기 전만 해도 미나는 입버릇처럼 취업 준비 중인 남자 친구 걱정을 털어놓곤 했다.

하영은 결코 미나를 질책하려고 꺼낸 말은 아니었다. 소개팅을 해서 만난 그 남자에게 푹 빠져 그를 버린 전 여자친구까지도 질투의 대상이 되었을 뿐이다. 하지만 슬기의 한마디에 미나도 하영도 잠시 얼굴이 붉어진다.

"난 미나 언니 얘기한 게 아니구요."

하영이 수습하려 하지만, 미나의 낯은 더욱 붉어진다.

"왜들 그래. 취업도 못한 남자 사귀고 있는 게 바보지."

슬기는 생각나는 대로 다 말해서 듣는 사람들을 당황하게 만들 때가 많지만 당황하는 건 듣는 사람일 뿐이다. 슬기는 자신만의 논리로 수습 또한 명쾌하게 한다.

"그리고 취준생이 연애를 왜 해? 그거 어차피 시한부 커플이잖아. 난 노량진에서 팔짱 끼고 다니는 애들 진짜 이해 안 됐어. 그러고 싶을까."

"둘이 같이 합격하면 잘 될 수도 있지. 뭘 그렇게까지."

"둘이 같이 합격하는 커플이 얼마나 될 거 같아? 아니 있기는 할까? 지금이 무슨 대학에서 취업 박람회하던 쌍팔년도 아니고."

슬기의 말은 아프게도 구구절절 옳다.

"인연이 아니었나 보지. 그래서 하영 씨같이 예쁜 여자 만나고 그 남자도 더 잘 됐네 뭐."

미나는 하영의 행복을 빌며 마치 자신의 면죄부를 찾으려는 듯하다.

"현실 앞에 인연이 어딨어? 상황이 운명도 만들어주는 거지."

요즘 젊은이들의 취업난은 인연도 비껴가게 할 만큼 강력한가 보다.

"우린 둘 다 취업하고 만났으니 헤어질 일 없겠죠?"

"아우 정말. 뭘 사귀기도 전에 헤어질 걱정이야."

"얼마나 마음에 들었으면."

"그래. 잘 될 거야. 잘 돼라."

그녀들의 대화는 이 시대의 취업난을 탓하는 것 같았는데 어느새 현실의 냉혹함을 이겨내고 취업에 성공한 자신들만이 연애할 자격이 있는 거라고 결론짓고 있었다.

*

저녁이 조금 늦었다. 나름 성찬을 즐기기 위해 맛집을 찾아 시내에서 벗어나 교외의 식당까지 일부러 찾아온 것이다. 30년은 족히 넘었을 거 같은 허름한 건물이었다. 다닥다닥 붙어 있는 테이블엔 손님들로 가득했고 고기 익는 냄새와 연기가 가게 안을 가득 메우고 있었지만, 그런 불편함을 감수할 만큼 고기는 맛있었다.

재환과 만나고부터 혹 퇴근이 늦더라도 저녁을 거르거나 편의점 간편식으로 때우는 일은 없어졌다. 재환도 허구한 날 혼자 저녁을 사 먹고 들어갔었는데 나와 함께 저녁을 먹을 수 있어서 좋다고 했다. 우리는 저녁에 혼밥을 하지 않아도 되는 이런 상황에 충분히 만족했다.

"주말에 바다 보러 갈래요?"

저녁을 먹으며 재환이 말했다. 우리는 주말에 만난 적이 없다. 재환이 주말에 따로 만나자고 청한 적도 없을 뿐더러 오히려 금요일 저녁이면 이번 주말에 해야 할 일들을 꼬치꼬치 설명하는 사람에게 일부러 만나자고 청할 수도 없는 노릇이었다. 그가 주말에 해야 할 일은 대부분 집 안일과 아이들을 돌보는 일이었다. 어머니를 모시고 야외로 나가 맛있는 점심을 사드리는 일도 빠지지 않았다. 아이들을 맡긴 것도 죄송한데 노모를 주말까지 고생시킬 수는 없지 않은가. 내가 10년 동안 보낸 주말을 그는 아직도 겪고 있는 것이었다. 그러니 평일 이렇게 저녁을 함께 먹는 것으로도 충분했다.

"우리 한 번도 주말에 만난 적이 없더라구요. 데이트는 원래 주말에 해야 하는 건데 미안해요."

재환은 내내 그것이 마음에 걸렸던가 보다. 뭐라고 대답해야 할지 난감했다. 괜찮다고 해야 하는지 그동안 주말 데이트를 못 해서 몹시 서운했다며 콧소리라도 내야 하는 건지 머뭇거리고 있는데 그가 불쑥 한마디를 더했다.

"1박 2일 어때요? 괜찮겠어요?"

그의 붉어진 얼굴 때문에 웃음이 났다. 나의 웃음에 그는 더 얼굴을 붉히며 그 동안의 외로움과 늦은 밤에도 함께 있고 싶었다는 등 횡설수설 떠들어댔다.

"가요."

재환의 얼굴이 더 붉어지며 환해졌다.

토요일 아침에 서울역에서 재환을 만나기로 했다.

"어디 가려구?"

일찍부터 외출 준비를 하자니 시어머니가 묻는다.

"네, 친구랑 놀러가기로 했어요. 내일 올 거예요."

난 당당하고 뻔뻔해지려고 노력했지만 생각처럼 되진 않았다. '끙' 하며 새어 나오는 신음소리와 함께 시어머니는 몹시 불편한 기색이다. 그 표정을 보며 더 당당하게 말하지 못한 게 억울해진다. 집안일은 까맣게 잊고 마음 편히 놀다 올 것을 다짐한다. 오랜만에 청바지를 입고 집을 나선다. 재환이 보고 웃을지도 모르겠다.

*

"어머, 계장님!"

개찰구 앞에 앉아 있는데 누가 다가왔다. 하영이었다. 그 옆으로 꽤 근사한 청년이 서 있었다. 며칠 전 소개팅을 했다던 하영을 설레게 만든 장본인일 것이다.

"어, 어디 가?"

"네, 강릉에 바다 보러 가요. KTX 생겨서 하루 만에도 다녀오겠더라고요. 계장님, 밖에서 뵈니 더 반가워요. 계장님은 어디 가시는데요?"

나를 만나 반갑기보단 옆에 있는 남자를 자랑하고 싶은 것이겠지.

"어, 나는……."

우리의 행선지도 강릉이었다. 내가 난처하건 말건 하영은 한껏 들떠 있었다.

"아, 저 소개할게요. 이쪽은……."

하영은 한껏 부풀어 옆에 남자를 소개하려다가 목소리가 작아졌다. 얼마 전에 소개팅에서 만난 남자를 남자친구라고 소개하기도 어색할 것이고, 말 그대로 소개팅 한 남자라고 말하기는 더욱 쑥스러울 것이다.

"아, 반가워요."

마음에도 없는 말로 하영의 기분을 맞춰주고 있었다. 빨리 내 앞에서 사라져달라는 게 내 진심이었을 거다. 남자도 어색한지 옅은 미소와 함께 고개만 숙였다.

"어, 그래. 즐거운 시간 보내고."

하영에게 일찍 집에 들어가라는 뜻 없는 잔소리를 할 뻔했다. 하영이 눈앞에서 사라지자마자 재환이 나타났다. 나에게 다가오려다가 하영이 옆에 있는 것을 보고 기다렸다고 한다. 아무래도 하영과 같은 기차를 타게 될 것 같다 싶어 따로 기차에 올라 좌석을 찾기로 했다. 하영에게 몇 호 차냐고 물어보지 않은 게 후회됐지만 그런 걸 물으면 더 이상하게 생각했을 것이다. 재환과 내가 잘못을 저지르고 있는 것도 아닌데 왜 이렇게 다른 사람 눈치를 보고 있는 건지, 우리가 그래야 하는 건지 씁쓸했다. 다행히 하영과 같은 호차는 아니었다. 강릉역에 열차가 도착해서도 우리는 하영이 플랫폼을 빠져나가는 것을 확인하고 나서야 열차에서 내렸다.

재환은 바다가 바로 보이는 펜션을 예약해두었다. 붉은색 계열의 알록달록한 꽃무늬 벽지가 마음에 들진 않았지만 방 앞에 조그맣게 달린 테라스에서 펼쳐지는 풍경은 방 안의 벽지쯤은 용서하고도 남을 만큼 근사한 것이었다. 날씨가 화창해 쪽빛을 뿜어내는 바다, 바람도 적당해 시원한 소리와 함께 밀려와 하얀 거품을 내며 부서지는 파도. 집을 나서 멀리 온 보람이 있었다.

풍랑주의보가 발효된 상황에서 남편과 바다 여행을 갔던 때가 떠올랐다. 거세게 몰아치는 파도가 무서웠던 나는 방 안에서 꼼짝 않고 그저 남편 품에 의지한 채 유리문 밖의 거친 파도만 바라보다가 돌아왔었다.

"바다에 나가볼까요?"

손잡고 바닷가를 거닐며 좋아하는 건 청춘 남녀의 특권이란 생각도 들었지만, 남편과 하지 못했던 일을 재환과 하고 싶지는 않았다.

"여기서도 잘 보이는데요. 그냥 앉아서 봐요."

"그래요. 피곤하죠? 좀 쉬고 있어요. 장을 좀 봐 올게요."

따라나설까 하다가 그냥 있기로 했다. 파도 소리가 피곤함을 달래주었다.

멍하니 바다만 바라보고 앉아 있었는데 재환은 장보따리를 가득 들고 돌아왔다. 잠시라고 생각했는데 시계를 보니 한 시간이나 지나 있었다. 보따리 안에 물건들을 확인하기도 전에 저것들을 하루 저녁에 둘이 다 해치울 수 있을지 걱정부터 앞섰다. 재환도 같은 고민을 하고 있는 걸까. 재환의 표정이 어두웠다. 무슨 일이 있는 거냐고 물어도 얼버무리기만 할 뿐 이었다. 오랜만에 찾아온 이 평화로운 시간을 깨기 싫어서 더 이상은 묻지 않았다.

주말이면 아이들과 종종 캠핑을 다닌다던 재환은 고기 굽는 솜씨가 꽤 좋았다. 맑은 공기와 시원한 바람 그리고 푸르게 펼쳐진 바다를 보고 있으니 눈도 마음도 밝아지는 기분이 들었다. 와인 한 병을 다 비웠는데도 정신이 맑았다. 날이 어두워지니 반복되는 리듬의 파도 소리가 더욱 선명하게 들려왔다. 파도 소리를 듣고 있는 것만으로도 좋았는데 재환은 서둘러 저녁 식탁을 치우고 싶어 했다.

아쉬움을 뒤로하고 방으로 들어오니 재환의 휴대폰이 요란한 소리를 내고 있었다. 재환이 전화를 받는 틈을 타 나도 휴대폰을 확인했다. 숙제를 다 마쳤으니 게임을 해도 되냐는 아들의 메시지 외엔 별 특별한 것이 없었다. 간단히 답을 해주곤 습관처럼 잔소리를 하려다가 그만두었다. 재환의 통화는 아직 끝나지 않았다. 재환의 어머니와 아들이 번갈아 전화를 받으며 재환에게 빨리 들어오라고 하는 것 같았다. 재환은 오늘은 못 들어간다, 미안하다는 말을 반복하고 있었다.

내가 통화 내용을 듣는 게 부담스럽겠다. 자리를 피해주려고 일부러 욕실로 들어갔다. 내가 샤워를 하는 사이 재환은 싱크대를 말끔히 정리 해놓았다. 남편과의 여행이 다시 떠올랐다. 여행지에선 남자가 하는 거 라고 (그런 말이 왜 생겨났는지 모르겠지만) 밖에 나오면 음식 준비와 설거지를 도맡아 하던 남편의 모습을 보면서는 그런대로 난 사랑받고 사는 거라고 행복해했었지만, 지금 재환의 모습은 그 손이 너무 야무져 더 안쓰럽게 느껴졌다. 취하고 싶은 밤인데 샤워를 하고 났더니 정신이 더 말똥말똥해졌다. 이번엔 내가 재환이 샤워를 하는 틈을 타 마른안주 와 맥주를 준비했다.

재환은 한 잔 더 하자는 내 말에 조금 실망스러운 표정으로 식탁 앞 으로 다가와 앉으며 맥주잔을 들었다. 취하고 싶어 급하게 술잔을 비웠 다. 재환은 술을 마시는 데엔 관심이 없고 자꾸만 침대를 바라봤다. 그 래 이제는 1박 2일의 목적을 달성해야 한다.

재환은 몹시 서둘렀다. 재환의 혀가 내 목덜미를 훑다가 급히 또 가 슴을 찾아간다. 그에 따라 재환의 물건이 꿈틀꿈틀 조금씩 반응을 보 이고 있었지만 거친 숨소리에 부응할 만큼은 아니었다. 그래 조금만 더 힘을 내라고 응원을 해야 하나. 내 몸에도 힘이 들어갔다. 정신이 점점 말똥말똥해진다. 식탁에 놓아두었던 재환의 휴대폰이 다시 징징거리기 시작했다. 재환도 나도 그 소리를 외면하는 데 더 신경을 쏟고 있었다. 징징거리던 휴대폰은 제 몸을 마구 틀다가 식탁 아래로 떨어졌다. 재환 의 물건이 확 쪼그라들었다.

"우리 그냥 집에 갈까요?"

"미안해요."

미안하다는 그의 말은 동의가 아닌 강한 긍정이었다.

서울로 가는 기차는 아직 두 대나 남아 있었지만 돌아갈 거라면 서둘러 출발하는 게 좋겠다는 생각에 빠르게 짐을 정리했다. 굳이 그러지 않아도 될 것 같은데 재환은 펜션 주인에게 집에 급한 일이 생겨서 돌아가야 한다고 구구절절 변명을 하며 우리가 부부인 척 연기를 했다. 그리고 또 미안해했다. 숙박비를 돌려받을 생각도 아니면서 뭐가 그렇게 미안한 건지 모르겠다. 어쩌다가 재환은 이렇게 많은 이에게 미안한 사람이 됐을까. 애초에 미안하기 위해 태어난 사람은 아닐 것인데 말이다.

택시를 타고 강릉역으로 갔다. 넓적한 원기둥 모양의 역이 조명 빛에 더욱 선명히 드러나 보였다. 역 안에 들어선 나는 조심스레 주변을 살피며 하영을 찾고 있었다. 당일로 돌아간다고 했으니 이 시간 즈음 돌아가지 않을까 생각했다. 그 복잡한 서울역에서도 마주쳤는데, 강릉역은 아는 사람을 만난다면 그냥 지나칠 수가 없는 구조였다. 말 많은 하영의 눈에 띄었다간 월요일에 바로 소문이 날 것이다. 아니 하영이 아니더라도 누군가 우리를 본다면 절대 조용히 있지는 않을 것 같다. 다른 사람들의 개그 소재가 되는 건 싫다. 사방을 주시해 살폈는데 하영은 보이지 않았다. 당일치기를 계획했다지만 그들은 어쩌면 파도 소리에 취해 오늘 돌아가지 않을지도 모를 일이었다. 그들에겐 아이를 맡겨 놓고 눈치 봐야 할 상황 같은 건 없을 테고 내일은 일요일이니까.

기차에 올라서도 재환은 내내 내 눈치를 살피고 있었다. 눈치를 보는 것에 익숙해진 것 같은 그가 안쓰러워 화가 났지만 나의 화는 연민 그 이상의 감정으로 발전하진 못했다.

"여기서 헤어져요."

서울역에 도착해서 내가 말했다.

"택시 타는 것 보고 갈게요."

"아이들이 기다리잖아요. 그냥 어서 가요."

　재환은 안절부절못하며 뒤돌아섰다. 10년 만에 외박을 하겠노라 호기롭게 집을 나섰는데 이대로 집으로 갈 수는 없다. 매표소로 가서, 남아 있는 기차들을 살폈다.

　대전으로 가는 기차가 자꾸 눈에 들어왔다. 남편과 닮은 남자의 회사가 있는 곳. KTX도 있었지만 무궁화 열차에 올랐다. 굳이 빨리 갈 이유가 없기 때문이었다. 내일은 일요일이다. 지금 간다고 해도 그 비슷한 남자도 볼 수 있는 확률은 제로에 가깝다. 그런데 난 무얼 바라고 이 기차에 오른 것일까. 그냥 어디든 가야 할 뿐이었다. 그날 이후 난 매일 그 사보를 가방에 넣고 다녔다.

　지루한 시간을 달래기 위해 사보를 아주 꼼꼼하게 살펴보았다. 사진 아래 이름들을 보다가 익숙한 이름이 하나 눈에 들어왔다. 신경호. 남편의 친구 이름이다. 대학원 학위를 받느라 결혼도 포기하고 늘 가난과 싸우면서도 공부의 끈을 놓지 않았던 사람이다. 남편이 살아 있을 땐 우리 집에 묵어가는 일도 많았다. 그럴 때면 토끼 같은 자식들을 운운하며 단란해 보이는 우리 가정에 대한 부러움을 한껏 드러내기도 했지만 그건 그저 하는 말일 뿐이었다. 한 번은 내가 친구를 소개해주겠다고 하니 나 같은 가난한 사람에게 시집 올 여자가 요즘 세상에 어디 있겠냐고 단박에 거절해버렸다. 그의 능력이라면 취업도 하고 결혼도 할 수 있으련만 그는 결혼보다 자신의 학문 세계를 더 사랑하는 이였다. 남편과 밤늦도록 술잔을 기울이며 자신의 공부에 대해 얘기하는 그는 사랑에 빠져 애인을 자랑하는 이들과 크게 다르지 않았다. 난 알아들을 수 없는 말들을 남편은 감탄하며 듣고 있었다. 밤늦도록 술을 마시고 그러다 취하면 그대로 잠들어버리기도 했지만 소란 피우는 일 없이 늘 대화만 오갔으며 간단한 안주만 만들어주면 두 사람 모두 만족했기에 나 역시 크게 불편할 것도 없었다. 국비 장학생으로 유학을 떠나게 됐다고 다소 고무된 표정을 본 게 그의 마지막 모습이었다. 그 후 얼마 안 되어 남편이 사고가 났는데 그는 일정이 당겨졌다며 남편의 장례식에도 참석하지 못했다.

*

"그날 잘 들어간 거죠? 연락이 안 돼 얼마나 걱정했다구요."

월요일 아침 재환은 몹시 애가 탄 표정으로 말을 건넨다. 도저히 그대로 집으로 돌아갈 수 없어서 죽은 남편을 찾아 대전 시내와 연구단지 일대를 헤매며 다녔노라고 말할 순 없었다.

"네."

"정말 미안해요."

주말 내내 보내온 재환의 메시지에 대답을 안 한 건 나인데 재환은 자기가 또 미안해했다.

"아이는 괜찮아요?"

"네. 별 일도 아니었는데 참."

그의 어머니 성격을 대강 알고 있었기에 아이를 걱정하지도 않았고 따라서 괜찮다는 말에 안도하지도 않았다.

"오늘 저녁 같이해요. 제가 특별히 맛있는 거 사 드릴게요."

"어쩌죠? 오늘 꼭 만나봐야 할 사람이 있어요."

재환은 실망한 표정이었지만 그게 누구냐고 묻지는 못한다. 여자친구가 저 말고 다른 약속이 있다는데 그게 누구냐고 묻지도 못하는, 우리는 딱 그만큼이었다.

박기태에게 전화를 걸었다. 남편의 장례식과 사망 신고, 보험금을 수령하는 일까지 하나하나 챙겨주었던 남편의 또 다른 친구이다.

선이 굵고 검어진 그의 얼굴을 보니 지나간 10여 년의 세월이 짧지 않았음을 더욱 실감하게 된다. 그래도 커피숍에 들어서자마자 그의 얼굴을 알아봤다.

"잘 지내셨어요?"

"오랜만입니다. 제가 자주 찾아뵙고 해야 하는데."

박기태는 마치 큰 죄인이라도 된 듯 몸을 가누지 못하고 있었다.

"바쁘신데요 뭘."

그 또한 나처럼 아파트 대출금, 자녀 교육비와 승진을 고민하느라 죽은 친구에 대한 기억을 부여잡고 살긴 어려웠을 것이다. 그러다 나를 보자 10여 년 전 세상에 둘도 없는 의리를 자랑하던 자신들의 모습이 떠올랐나 보다.

"어머님은 잘 계시죠?"

"네. 잘 지내세요."

"제가 자주 찾아뵙고 하는 게 도린데."

"제 부모 찾아뵙기도 힘든 세상인데요 뭐. 우리 세대는 도리 다 지키다간 제 목숨 지키기도 힘들 거예요."

내 고단한 삶의 하소연을 왜 10여 년 만에 만난 남편의 친구에게 하고 있단 말인가. 그는 내 말에 이렇다 할 대꾸를 찾지 못하는 듯 얼버무리다가 어렵게 입을 뗐다.

"그런데 어쩐 일로……?"

"아, 저 경호 씨."

내가 경호의 이름을 말하자 그의 얼굴엔 당황하는 기색이 역력했다.

"미국에서 돌아왔나요?"

"글쎄요. 저도 그 친구 미국 가고 나선 한 번도 만난 적이 없어요."

"그래도 연락은 하실 거 아녜요?"

"글쎄 녀석 뭐가 그리 바쁜지 연락 한 번 없더라니까요."

"무슨 일이 있는 건 아니구요?"

"잘 살고 있겠죠."

하며 말끝을 얼버무렸다. 적잖이 실망스러웠다.

"그래도 연락이 끊겼다는 게…… 그럼 좀 알아보시지. 경찰은 그런 거 알아보기 쉽지 않나요?"

"경찰이라고 함부로 개인 정보 캐지 못해요. 그런 시대 아니에요."

기분이 상한 건지 무안한 건지 박기태의 말투가 퉁명스러워졌다. 죽은 내 남편이야 그렇다 해도 살아 있는 친구조차 연락이 끊긴 채로 살아야 할 만큼 우리는 그렇게 팍팍하게 살아가고 있다는 말인가. 그 대단해 보였던 우정 참 별거 아니었다고 말하려다가 그도 나처럼 그 나름의 사정이 있겠지 생각하며 입을 다물고 말았다.

"그런데 경호는 왜……?"

불쾌한 건지 무안한 건지 헷갈렸던 좀 전의 얼굴은 완전히 사라지고 이번에는 걱정스런 눈빛으로 그가 되물었다.

어느 회사 사보에서 남편과 아주 닮은 얼굴과 경호의 이름을 봤다고 말한다는 게 갑자기 우스워졌다. 그게 무슨 상관이란 말인가. 세상에 많고 많은 닮은 얼굴, 더 많은 동명이인. 그게 무슨 상관이라고.

"그냥 기태 씨 만나니 경호 씨 안부도 궁금해서요. 세 사람이 워낙 친했잖아요."

"네, 죽고 못 살았죠. 참."

박기태도 지금 곁에 없는 친구들을 생각하니 마음이 착잡해지는 듯했다. 한참 동안 말이 없더니 다시 정신을 차렸는지 내가 자신을 만나자고 한 이유를 물었다.

"왜 뵙자고 하셨는지 아직 말씀을……?"

그냥 갑자기 죽은 남편의 친구들 소식이 궁금했다고 말한다면 너무 궁색할 것 같았다.

"예전에 경호 씨가 아이 아빠한테 돈을 꾸었어요. 예정대로라면 이젠 공부도 마쳤을 테고 돈도 많이 벌 거 같아서요."

"아, 그런 일이 있었나요? 하긴 그때야 경호가 그 댁에 얹혀 지내다시피 했죠. 빌린 돈이 얼마나 되나요. 부족한 대로 제가."

"아니에요. 연락도 안 되신다면서요."

박기태와 헤어져 돌아오는 발걸음이 무거웠다. 괜한 짓을 한 것 같았다. 그냥 직접 가서 내 눈으로 확인하면 될 것이었다.

다음 날, 연차를 내고 대전으로 가는 KTX에 올랐다. 열차가 출발한 지 얼마 지나지 않아 멀리 우뚝 솟은 신아그룹 건물이 눈에 들어왔다. 몇 층이나 되는지 알 수 없지만 우뚝 솟은 신아그룹 건물은 달리고 있는 열차 안에서도 꽤 오랜 시간 나의 시야 안에 머물렀다. 신아그룹에 입사했다고 기뻐하며 내게 청혼을 하던 젊은 김진영이 생각났다. 내 행복의 보증수표가 되어주겠노라고 당당하게 말하던 패기 넘치던 남편이 아직 살아 있다면 어떤 모습이 되었을까. 예전처럼 멋지지 않아도 상관없다. 그저 살아만 있어준다면. 부질없는 생각이란 것도 잘 안다. 그저 그의 모습을 직접 확인해야만 이 부질없는 생각에서 자유로워질 수 있을 것 같다.

엊그제 연구단지 골목골목을 헤매며 다닌 탓에 사진 속 인물의 회사가 어디에 있는지 이젠 한 번에 찾을 수 있었다. 그런데 막상 연구소 앞에 도착하니 막막해졌다. 대체 누구를 찾아야 한단 말인가. 또 나는 누구라고 말을 한단 말인가. 앞에서 쭈뼛거리고 있는데 와이셔츠를 입은 남자들 한 무리가 건물을 빠져 나온다. 저들에게 물어볼까? 누굴 찾아왔다고 해야 한단 말인가. 10년 전 죽은 내 남편 김진영을 불러달라고 하나 아니면 그와 닮은 사람을 찾아왔노라 말을 해야 하나.

얼굴이 화끈거리고 심장이 쿵쾅댔다. 용기를 내어 그들에게 한 발짝 한 발짝 다가섰다. 외부인이 흔치 않은 한적한 연구소에 찾아온 낯선 사람이 그들도 신기했던지 걸음을 늦추며 나를 흘끔거렸다. 시선을 어디에 둘지 막막했다. 용기를 내어 고개를 들고 그들을 바라봤다.

그가 거기에, 그 무리 가운데 서 있었다. 난 마치 못 볼 거라도 본 사람처럼 그들의 눈을 피하며 뒤돌아섰다. 남편의 불륜 현장을 목격한 사람이 이런 마음일까. 쿵쾅거리는 심장이 마치 가슴을 뚫고 나올 것 같아 손으로 가슴을 누르며 심장을 달래었다. 무리는 고개를 갸웃하기만 할 뿐 별 일 아닌 듯 이내 그들의 갈 길을 갔다.

아이비가 만들어놓은 나무 그늘 벤치에 앉아 쿵쾅거리는 심장을 마저 달랬다. 남편을 닮은 그 남자는 분명히 나와 눈이 마주쳤다. 나를 전혀 모른다는 표정이었다. 그들이 점심을 먹고 돌아올 때까지 기다리는 수밖에 없다. 그들이 돌아오면 떨지 않고 그에게 말이라도 걸어봐야겠다.

시간은 생각보다 빨리 지나갔다. 30여 분이 지났을까, 그들이 아이스 아메리카노를 한 잔씩 들고 다시 나타났다. 잠잠해진 심장이 다시 요동

치려 했지만 침착하자 다독거리며 그들에게 한 발 한 발 다가섰다. 그들은 아까보다 더 의아한 눈빛이었다. 그러다 내가 남편을 닮은 남자 앞에 서자 시선을 거두고는 모두 제 갈 길을 갔다.

혼자 남은 남자는 아직도 나를 처음 보는 사람처럼 바라보았다.

"저 잠시 얘기 좀."

"네."

"저 혹시 김진영이란 사람을 아시나요?"

남자는 고개를 갸웃했다.

"모르는 사람인데요."

"그럼, 신경호라는 사람은 아시나요?"

"제가 신경호인데……."

라고 말하는 남자의 표정은 조금도 흔들림이 없었다. 설명할 수 없는 한숨이 새어 나왔다. 마음을 가다듬으려 마른 입술에 침을 묻히려 했지만 입 안이 바짝 말라 더 이상 침이 나오지 않았다.

"저, 힘들어 보이세요. 이거라도 좀 드실래요? 아직 입 안 댔어요."

남자는 들고 있던 아이스 아메리카노 잔을 내게 내밀었다. 낯익은 얼굴이지만 분명 낯선 사람이었다. 하지만 그의 호의를 거절하기엔 나는 너무 진이 빠져 있었다. 커피 잔을 받아 들고 빨대로 커피를 쭉 들이켜니 조금은 진정이 되었다.

"저 잠시만 저쪽에 앉으시죠."

남자는 내가 앉아 있던 아이비 아래 벤치를 가리키며 말했다. 그의 제안대로 벤치로 가서 앉았다.

"그런데 저를 어떻게?"

가방 속에서 사보를 꺼내 펼치며 그에게 보여주었다. 그는 별일 아니라는 듯이 또 의아하다는 듯이 나를 바라보았다.

"저는 이유진이라고 해요. 민아 엄마."

"?"

"혹시 저를 모르세요?"

"네. 처음 뵙는 것 같은데…… . 저를 아시나요?"

얼굴이 화끈거렸다. 아마도 내 얼굴은 붉은 빛을 가득 뿜고 있을 것이었다. 민망함에 더 이상은 앉아 있을 수가 없었다.

"아니요. 제가 닮은 사람을 착각했나 봐요. 실례가 많았습니다."

황급히 일어나 뒤도 돌아보지 않고 빠르게 걸었다. 내내 뒤통수가 따가운 느낌이었다. 어느 정도 걷고 이젠 그의 시야에서 벗어났을 거라 생각이 드니 다리가 무겁게 느껴졌다. 걸음의 속도를 늦추며 남편을 닮은 낯선 남자가 건네준 커피로 메마른 입을 적셨다. 연차를 내면서까지 비장하게 찾아온 각오가 이렇듯 허무하게 끝나버렸다.

서울로 돌아가는 기차에 오르니 이 와중에도 허기가 몰려왔다. 남편과 연애할 때 떡볶이 1인분을 나눠 먹으며 행복해했던 기억이 떠올랐다. 아쉬운 대로 열차 안 판매대에서 구운 계란과 사이다로 허기를 달래었다.

그냥 해프닝일 뿐이라고 애써 그 사건을 지워가며 아무 일도 없었던 것처럼 일상으로 돌아오려 했지만 도무지 그의 얼굴이 떨쳐지지 않았다. 다시 박기태에게 구조 요청을 할 수 밖에 없었다. 사보의 사진을 휴대폰으로 찍어 남편을 닮은 얼굴에 빨간 동그라미를 그려 연구단지의 주소와 약도를 박기태에게 전송했다.

"이 사람이 신경호랍니다"라는 메시지와 함께.

2. 남편이 살아있다

외근 중에 경호로부터 전화가 왔다.

"기태야, 나 됐어. 스탠포드!"

"와! 이 자식. 진짜 해냈구나! 장하다 자식아. 진영이는 당연히 알겠지?"

"진영이가 전화를 안 받아."

"근무 시간이니까 뭐. 진영이랑 통화되면 저녁에 바로 뭉치자고. 장하다 인마!"

"너 바쁜 거 아니야?"

"무슨 소리야. 열일 제쳐놔야지."

"고맙다. 내가 니들 말고 누가 있냐."

"신경호! 진짜 장하다!"

혈혈단신 경호는 누구의 도움도 없이 휴학과 복학을 반복하며 8년 만에 박사학위를 받았다. 그것만으로도 장한 일인데 양에 차지 않았는지 다시 스탠포드의 문을 두드려 국비 장학생까지 되었다고 한다. 이제 경호 인생에 탄탄대로만 있을 것이라 생각하니 내 일처럼 기뻤다.

고등학교 3학년 때, 경호와 같은 반이 되었다. 경호같이 공부만 하는 녀석과 내가 어쩌다가 친해지게 됐는지는 기억이 나지 않는다. 경호는 K대에 합격했고, 난 부모님 등쌀에 원치도 않는 재수를 하고 있었다. 경호가 막 대학 2학년이 되었을 때, 경호의 어머니가 돌아가셨다. 늘 고생만 하시는 어머니가 유일하게 환한 웃음을 보이실 때는 경호의 성적표를 볼 때뿐이라며, 그래서 열심히 공부할 수밖에 없다고 경호는 말했었다. 이제 경호는 더 이상 열심히 공부해야 할 이유를 느끼지 못한다고 했다. 공부 그것쯤 안 한다고 세상이 요절나는 것도 아니다. 그러나 경호는 삶의 모든 의욕을 잃은 것 같았다. 누구라도 어머니의 죽음을 받아들이는 건 쉬운 일이 아니겠지만 더구나 경호에겐 어머니가 유일한 가족이었다. 경호가 걱정되어 경호를 매일 찾아갔다. 나만큼 경호를 걱정하는 녀석이 경호 곁에 있었다. 경호의 같은 과 친구 진영이었다. 그렇게 셋이 밥을 먹고 술을 마시고 하며 어느새 떼려야 뗄 수 없는 사이가 되어 버렸다. 마음에도 없는 삼수생 노릇을 하고 있는 내게 진영이가 경찰 시험을 보라고 했다. 나도 모르는 내 적성을 찾아주다니, 똑똑한 녀석은 뭐가 달라도 달랐다. 시간이 지나자 경호도 마음을 추스르고 다시 공부에 매진했다.

하루 종일 퇴근 시간을 기다리며 틈틈이 진영에게 전화를 했다. 퇴근 시간이 다 되어서야 진영이와 겨우 통화가 되었다.

"충주?"

출장이라고 하는데 녀석의 목소리가 영 힘이 없다. 내친 김에 휴가를 내고 경호를 데리고 충주로 가서 서프라이즈를 해야겠다.

경호를 태우고 진영을 만날 생각에 들뜬 마음으로 충주로 달려갔다. 이렇게 셋이 함께 뭉치는 건 반년 만이다. 각자 먹고 살기 바빠 셋이 함께 시간을 맞추기가 그렇게 힘들었다. 두 시간이 지나 충주호가 내려다보이는 횟집에 셋이 앉았다. 가랑비가 소리도 없이 내리며 안개까지 자욱해 유리창 밖의 풍경은 강과 비와 안개의 경계를 알 수 없이 뿌옇기만 했다. 경호를 축하해야 하는 자리인데 왠지 날씨가 방해를 하는 것 같아 김이 빠졌다. 아니 사실은 날씨가 아니라 진영의 표정이 김빠지게 했다. 경호의 일에 나처럼 기뻐할 줄 알았는데 진영은 내내 시큰둥한 표정이었고 말없이 계속 술만 마셔댔다. 경호의 축하 파티를 망치는 것 같아 나도 얼김에 덩달아 술만 들이부었다. 술을 못 마시는 경호는 천천히 좀 마시라고 우리를 말리며 졸지에 눈치꾸러기가 되었다. 술이 약하긴 진영도 마찬가지다. 그렇게 몇 잔을 거푸 마시더니 어느새 취했는지 드디어 입을 뗴었다.

"겨우 3박 4일 출장인데 돌아가면 내 책상은 없을지도 몰라."

"에이 설마."

"설마가 아니라 우리 눈앞에서 벌어지고 있는 일이야."

월가로부터 시작된 금융 위기에 어느 기업 할 것 없이 또 다시 구조조정 바람이 불고 있었다.

"경호야, 나는 네가 부럽다. 나도 그때 너처럼 때려치웠어야 했는데. 대기업에 입사했다고 어머니가 얼마나 좋아하시던지."

10여 년 전, 진영과 경호는 나란히 신아그룹에 입사했다. 대기업에 입사했다는 기쁨도 잠시 입사하자마자 닥친 IMF로 회사는 술렁이고 있었다. 구조조정은 주로 과장급 이상을 대상으로 이루어지고 있었지만 그들이 비록 신입 사원이라 해도 어수선한 회사분위기에 마음이 편할 수만은 없었다. 회사는 얼토당토않은 자리로 발령을 내며 직원들을 오금이 저리도록 쥐락펴락했다. 경호는 영업부로 발령이 나자 과감히 사표를 던져버렸다. 하지만 진영은 그럴 수 없었다. 졸업만 하면 대기업에서 모셔간다고 했던 K대에서 진영과 경호는 수석을 다투었다. 구조조정 바람에 숨을 죽이고 있어야 하는 이런 미래는 상상조차 하지 못했을 것이다. 녀석들은 나같이 몸을 움직여야 하는 놈과는 다른 DNA를 가지고 있는 거 같았다. 내가 보기엔 괴물 같은 수재인데 진영이가 이런 고민을 하고 있다니.

"요즘 우리 직원들 모이면 무슨 얘기들 하는 줄 알아. 구조조정 당하고 장사에 실패한 과장님, 이혼당한 부장님······. 그게 내 얘기가 아니라고 자신하는 사람이 한 사람도 없어. 휴게실에서 좆나 담배만······. 담배를 피우는 건지 한숨을 쉬는 건지. 내 가족들, 내가 책임져야 할 사람들······. 이제 뭘 어떻게 해야 할지도 모르겠다."

그러더니 또 연거푸 들이붓는다. 술도 잘 못 마시는 놈이. 경호의 앞날을 축하해줄 그런 여유는 진영에게 조금도 없어 보였다. 진영을 따라 같이 들이부었더니 나도 취기가 확 올라왔다. 진영은 몸을 가누지 못할 정도로 취했다. 숙소까지는 차로 5분 거리에 불과했다.

"내가 장롱면허이긴 하지만 술을 안 마셨으니 만취한 너희보단 낫겠다." 진영에게서 차 키를 받은 경호가 진영의 차에 오르더니 운전대를 잡았다. 일단 진영의 차로 함께 이동하고 내 차는 다음날 찾으러 오면 되겠다 싶었다. 진영을 부축해 뒷좌석에 태우고 나도 옆에 함께 탔다.

빗방울이 굵어지며 안개가 더욱 짙어졌다. 안개가 짙은데 너무 속도를 내는 게 아닌가 싶었지만 나의 취기 탓이리라 생각했다. 경호는 강변을 달리다가 코너를 미처 발견하지 못했다. 가드레일을 들이받은 차는 강물 위로 날아올랐다. 차가 공중으로 날아오른 그 순간 나는 정신이 번쩍 들었다. 짧은 순간이었지만 차가 물속으로 떨어지기 전에 본능적으로 차 문을 열었고 차가 물속에 가라앉기 직전 진영이를 겨우 끌고 나왔다. 손 써볼 틈도 없이 차는 순식간에 물속으로 가라앉았다. 가까스로 진영을 뭍으로 끌고 나온 나는 널브러졌다. 사방이 어두워 아무것도 보이지 않았다. 이미 흠뻑 젖었으니 비를 피하려 애쓸 필요도 없었다. 그러고는 그대로 정신을 잃었다.

눈을 뜨니 햇살이 비추고 있었다. 옷은 아직도 축축하고 땅바닥은 젖어 있는데 하늘은 언제 비가 왔냐는 듯 구름 한 점 없었다. 옆에 쓰러져 있는 진영을 흔들어보았다. 한참만에야 정신을 차린 진영은 무슨 상황이 벌어진 건지도 모르고 있었다. 지난밤의 상황을 말해주자 진영은 무작정 물속으로 뛰어들려 했다.

"위험해. 나왔을지도 모르고 물속에 있다 해도 우리 힘으로는 어림없어. 신고부터 하자"

"그 자식 수영도 못 하는데 어떡해!"

휴대폰 버튼을 눌러봤지만 먹통이었다.

"휴대폰 좀 줘봐."

진영이 주섬주섬 주머니를 뒤지더니 빈주머니 속감을 내보이며 난감한 표정을 지었다. 강과 산과 논밭이 보이는 것의 전부였다. 지나가는 사람 하나 보이지 않았다.

피곤함과 불쾌감, 막막함이 복잡하게 얽힌 가운데 이 사태를 어떻게 해결해야 하나 머리가 지끈거렸다. 우선 어제 갔던 횟집으로 가야 했다. 오직 방향 감각에만 의지해서 걸었지만 확신할 수는 없었다. 뒤따라오던 진영은 한 명밖에 구할 수 없었다면 차라리 경호를 구할 것이지, 주절거리며 울먹이고 있었다. 기껏 살려놓았더니 한다는 소리라니. 그럼에도 그런 진영을 보며 아무 말도 할 수가 없었다. 여태 고생만 한 자식, 이제 막 꽃길이 펼쳐지려 한 순간이었는데……. 경호를 생각하니 나도 가슴이 답답해져왔다.

그 순간 전화벨이 울렸다. 휴대폰 버튼을 이것저것 누르며 겨우 전화를 받았다. 유진이 울고 있었다.

"기태 씨, 미나 아빠 차가 강물에서 발견됐대요."

벌써 경찰이 차를 찾은 모양이었다. 당신 남편 내 옆에 있으니 안심하라고 정황을 설명하려는 순간 전화가 끊어져버렸다. 다시 전화가 오겠지 했지만 전화는 오지 않았다.

"죽었으면 좋았겠다니? 죽으면 이 새끼야. 가족들 생각은 안 하냐."

"그래도 나 죽으면 퇴직금에 생명 보험금, 회사에서 위로금도 좀 나올 테니 어떻게든 살아가겠지. 퇴직금만 들고 집으로 가는 것보다 차라리 죽었다는 게 낫지 않을까. 그런데 경호는 고생만 하다가 이제막……."

진영은 다시 울먹였다. 나도 울고 싶었다. 그러나 우선 경호부터 찾아야 한다. 한참을 걸으니 멀리 횟집이 보였다. 남은 힘을 쥐어짜내며 가까스로 횟집 앞에 도착했다. 횟집 주인은 물에 젖은 우리를 보고 어제 그 사고가 손님들이냐며 안타까워했다. 관할 경찰서에 전화를 걸어 정황을 물어봤다. 지난밤에 교통사고 신고가 들어왔는데 늦은 밤이라 수색이 어려워 해가 뜨자마자 수색을 시작해서 자동차만 찾은 상태라고 했다. 내가 사고의 당사자인 걸 알고는 꽤 당황하는 기색이었다. 물에 빠진 사람은 한 명이니 빨리 사람을 찾아달라고 재촉하며 전화를 끊었다. 횟집 주인이 밥을 차려주겠다고 했지만, 뭐가 목구멍으로 넘어

갈 것 같지 않아 물만 얻어 마시고 횟집을 나왔다.

차에 올라 시동을 걸고 나서야 아까 걸려온 유진의 전화가 생각났다. 진영은 넋이 나간 듯 그저 멍하니 앉아 있었다. 진영에게 집에 전화를 해주라고 얘기하려다가 그만두었다. 당장은 경호를 찾는 게 우선이었다.

"너, 그 말 진심이야?"

"무슨?"

"경호를 살리지 왜 널 살렸냐는. 퇴직금 들고 가서 잘렸다고 하는 것보다 죽었다고 하는 게 가족들에게 나을 거라며."

"언제 잘릴지 모르는 이런 상황. 정말이지 피가 마른다. 내가 세상에서 제일 똑똑한 줄 아는 우리 엄마, 유진이, 그들한테 나 잘렸다는 말을 할 수 있겠냐. 그 다음엔 사는 게 사는 걸까. 지금도 죽을 맛인데. 이제 와서 그런 말이 다 무슨 소용이야."

진영도 경호도 내로라했던 수재들이었는데 어쩌다 이렇게 졸지에 불쌍한 존재가 되었나. 한숨만 나왔다. 진영은 지쳤는지 이내 잠이 들어버렸다. 아무 것도 생각하고 싶지 않았을 것이다. 지쳐 잠든 진영을 보며 머릿속에 묘한 시나리오가 펼쳐졌다.

"일어나 봐."

경호가 살던 원룸 앞에 이르러 진영을 깨웠다. 내가 차에서 내리자 여길 왜 왔냐고 하면서도 진영은 엉거주춤 나를 따라왔다. 경호의 방에 들어서니 녀석의 냄새가 확 풍겼지만 경호가 맞이할 때는 한 번도 느끼지 못했던 낯선 감정도 들었다.

"아까 네 말이 진심이면 지금이라도 바꿀 수 있을 거 같아서. 경호 자식 이렇게 보내는 거 너무 아깝잖아. 그리고 너도 경호가 하는 공부, 하고 싶어 했잖아. 경호가 논문 쓰면서 너와 의논도 많이 했고. 회사 잘렸다는 말 어머니나 유진 씨한테 할 수 있겠어? 이제 니 남은 인생은 치킨집이나 운영하는 거라며. 너같이 공부만 하던 놈이. 선택은 니 몫이야. 니가 결심만 한다면 난 김진영이 신경호가 되는 걸 도울 거고."

지갑을 꺼내 아직도 젖어 있는 몇 장 안 되는 지폐를 진영에게 주었다.

"일단 말려서 써. 여기서 생각을 해보든지 택시 타고 집으로 가든지. 나도 집에 가서 옷부터 좀 갈아입고 휴대폰부터 고쳐야겠다. 내일 올게."

그렇게 경호의 집에 진영을 남겨두고 혼자서 나와버렸다.

머릿속에 지진이 날 것 같았다. 그러면서도 매일 경호가 살아서 우리 앞에 나타나주기를 기다리며 관할 경찰서에 확인 전화를 했다. 그곳엔 다시 비가 내려 수색에 어려움을 겪고 있다고 했다. 진영은 내가 사다주는 음식에는 손도 대지 않으며 경호의 방에서 꼼짝 않고 있었다. 빈 생수병과 담배꽁초만 수북이 쌓아놓고 있었다. 이 녀석도 잃게 되는 건 아닌지 걱정이 될 정도였다.

닷새가 지나서야, 경호의 시신과 진영의 지갑이 물에서 건져졌다. 진영의 차가 발견된 후라 경찰들도 진영의 가족들도 시신이 당연히 진영일 거라 생각하고 있었다. 얼굴은 퉁퉁 불어 알아보기 힘들 정도였고, 팔과 다리엔 물고기들에게 뜯겨 나간 흔적도 군데군데 있었다. 경찰들이 유진에게 시신을 확인하라고 했지만 내가 대신 확인하겠다며 막아섰다. 그 상황에선 그게 정말 진영이였더라도 그리했을 정도로 참혹했다.

장례식을 치렀다. 오열하는 진영의 가족들을 보며 마음이 복잡했지만 이미 돌이킬 수 없을 만큼 멀리 와버렸다. 장례가 끝난 후에야 진영에게 사실을 알렸다. 진영은 아무 말도 못하고 울기만 했다.

"기억 안 나? 나한테 적성에 맞지 않는 일 억지로 하며 괜히 바보처럼 살지 말라며."

"이건 범죄잖아."

"범죄 안 저지르고 잘 살 수 있는 나라냐, 씨발!"

"경호가 좋아할까?"

"응, 경호는 좋아할 거야. 경호의 고생을 이렇게 허무하게 버릴 수 없어."

경호의 여권 사진을 진영의 것으로 바꾸기 위해 범죄자들과 거래를 했다. 그리고 서둘러 미국 가는 배에 진영을 태웠다.

"가끔 식구들 좀 들여다봐줘."

"여기 일은 잊어. 잊어야 살 수 있다."

"이 바다가 너에겐 저승 가는 길이야. 알겠어?! 혹여라도 돌아올 생각은 절대 하지 말고! 그리고…… 나도 잊어!"

*

진영이가 아니 경호가 한국에 왔다는 말인가. 반가움과 두려움이 동시에 몰려왔지만 보고 싶은 마음이 더 컸다. 휴가를 내어 미나 엄마가 전송해준 약도의 장소를 찾아갔다. 가는 내내 녀석과 얼싸안고 10여 년의 회포를 푸는 상상을 하니 한시도 지체할 수가 없었다. 달리는 KTX 안에 앉아 바라보는 풍경은 내 심박 수만큼 빠르게 지나갔다. 바로 앉아 머리를 누이고 눈을 감았다. 진영을 만나 무슨 얘기부터 할까 차분하게 마음을 정리하려 했지만 생각은 정리되지 않고 녀석을 떠나보낼 때 그때 그 상황만이 맴돌 뿐이었다. 일단 부딪치면 어떻게든 해결이 될 일이다.

유진이 전송해준 주소로 찾아가 신경호를 찾았다. 녀석을 만나면 '진영아!' 하고 불러야 하나 '경호야!' 하고 불러야 하나 난감한 생각도 들었다.

저만치서 걸어오는 남자, 진영이다. 단 번에 녀석임을 알 수 있었다. 녀석을 향해 힘껏 달려가는데 녀석은 나와 눈이 마주치고도 무덤덤한 표정으로 천천히 걸어오고 있었다. 녀석을 향해 달리던 발걸음이 무색해져 갑자기 멈춰 서는 바람에 넘어질 뻔했다. 녀석이 내 옆에 와 나를 붙잡았다.

"괜찮으세요?"

"네."

이게 무슨 일인가. 다 잊으라고 했더니 나마저 잊었다는 말인가.

"신경호입니다. 저 찾아오신 분 맞으시죠?"

반가운 얼굴의 낯선 태도에 머릿속이 새하얘졌다.

"아, 아닙니다. 제가 사람을 착각한 모양입니다. 실례가 많았습니다."

하고 힘없이 돌아섰다. 꼿꼿하게 걸으려고 애썼지만 그러면 그럴수록 다리에 힘이 빠지는 것이 느껴졌다. 그렇게 한참이 지난 것 같은데 아직도 로비를 벗어나지 못했다.

"저, 잠시만요!"

녀석의 목소리다. 나를 부르는 것일 거다. 뒤돌아봤다. 녀석은 다급히 내게로 뛰어오고 있었다.

"경찰이시라고 들었는데 성함이라도 알 수 있을까요?"

하며 녀석은 자신의 명함을 내게 건넸다. 나도 명함을 내어 주었다.

"그럼 이만 가보겠습니다."

다시 돌아서서 걸었다. 출입문까지가 너무 멀다. 녀석이 나의 뒷모습을 바라보고 있는 것 같다. 뒤돌아보지 말자 다짐하며 걸었다. 녀석에게 무슨 일이 있었던 걸까. 정말로 녀석이 아닌 건가. 10여 년 만에 만났다고 해서 막역지우를 새까맣게 잊을 수는 없는 일이다. 혼란스러웠다.

한참을 터벅터벅 걷는데 빈 택시가 경적을 울렸다. 택시를 타고 대전역으로 가서 승차 시간이 가장 빠른 새마을호에 올랐다. 정말 나를 몰라보는 걸까? 허무했다. 유진의 마음은 얼마나 처참했을까. 심란하기만 할 뿐 아무 것도 할 수 없었다. 드라마에서만 보던 그 기억상실? 그냥 그렇다고 생각하고 잊는 수밖에 다른 방법이 없었다. 하긴 미국에 보낼 때 다 잊고 살라고 내가 그랬다. 나도 녀석을 잊기로 했었다. 그렇다고 정말 나를 잊었다는 말인가.

다시 예전의 삶을 찾으려 애쓰고 있었다. 애쓰지 않아도 하루하루 밀려드는 사건을 해결하기도 전에 하루해가 저물고 더 고민할 새도 없이 곯아떨어지며 두 주가 지났는데, 신경호로부터 전화가 걸려왔다. 이미 서 앞에 와 있다고 했다. 서 밖으로 나오니 아스팔트의 열기가 후끈, 온몸을 덮쳤다. 길 건너 커피숍 구석 자리에 신경호가 앉아 있었다.

"미리 연락이라도 하고 오시지. 제가 외근이 많습니다."

"그러시겠지요. 막상 궁금하단 생각이 드니 한시도 지체할 수가 없어서요. 사실 얼마 전에도 저를 찾아온 여자 분이 있었어요. 닮은 사람과 혼동했다고 하면서요."

"한국엔 언제 오셨나요?"

"3년 전에 왔습니다. 아내가 한국에 돌아오고 싶다고 해서 오게 됐죠."

"아, 결혼을 하셨군요?"

"네. 뭐 잘못됐습니까?"

"아, 아니요. 결혼은 언제 하셨나요?"

"5년 전에. 그런데 그걸 왜?"

"아, 아닙니다."

"저를 보고 반가워 달려오시던 모습 기억합니다. 아주 가까운 분이셨나 봐요?"

"네, 뭐."

"전에 오셨던 여자 분도."

머릿속이 복잡했다. 유진도 나처럼 가슴을 졸이며 KTX에 올랐다가 절망감을 앉고 집으로 돌아갔을 것이다. 그러고도 도저히 잊지 못해 내게 문자를 했었겠지.

"사실 제가 아주 어렸을 때 입양되었어요. 한국에는 아는 사람이 있을 리가 없죠. 그런데 두 분이 저를 다른 사람으로 오해하시는 것 같아서, 그렇다면 제가 혹시 쌍둥이는 아니었을까 하는 생각이 들었습니다. 혹시 제게 그런 형제가 있나 생각하니 잠이 안 오더라구요. 저를 닮은 그분과 친한 사이이셨던 거죠?"

입양이라니, 정말 진영이가 아니라는 말인가. 본능적으로 녀석의 목덜미를 살펴봤다. 오른쪽 귀밑에 난 검은 점. 진영의 그것과 똑같다. 그런데 입양이라니. 나한테까지 거짓말을 할 참이냐고 녀석을 한 대 후려치고 부둥켜안고 싶은 충동이 일었지만 그러지는 못했다.

"양부모님 밑에서 잘 자라신 거 같은데, 형제는 찾아서 무엇 하시게요?"

"그래도 핏줄이란 건 다르지 않습니까. 양부모님도 이젠 다 돌아가 시고."

"행복하십니까?"

나의 뜬금없는 물음에 녀석은 당황스런 표정을 지었다.

"아, 네 뭐. 그런 편입니다."

"다행입니다."

녀석은 이번에는 의아하다는 표정을 지었다. 그럴 만도 하겠다. 낯선 이의 행복이 다행이라니 내가 생각해도 이거야 원.

"저를 닮은 그분에 대해 좀 말해주실 수 있으신가요."

"자녀도 있으시겠죠?"

"네, 딸아이가 하나. 그런데 그건 왜?"

"아, 아닙니다. 한국 사람들은 새로운 사람을 만나면 나이, 가족 관계 부터 캐는 게 습관입니다."

"아, 네."

녀석은 나의 말을 억지로 이해하려고 노력하는 듯했다.

"그 사람은 저의 친한 친구였습니다. 제가 부모님도 잘 알고 있는데 선생님과 쌍둥이일 확률은 제로입니다."

"그렇군요."

녀석은 꽤나 실망한 표정이었다.

"그리고 그 친구는 이미 죽었습니다. 너무 닮았다는 생각에 친구가 그리워 제가 결례를 했습니다."

"도대체 얼마나 닮았기에 이미 죽은 사람을."

녀석이 다소 불쾌한 표정을 지었다.

"죄송합니다. 이렇게 자세히 보니 이미지만 비슷하고 생긴 건 많이 다르시네요."

"그렇군요."

잠시 서로 할 말을 잃어 침묵이 흘렀다.

"그럼 일어나실까요?"

내가 먼저 일어서자 녀석이 뭔가 할 말을 남긴 듯 천천히 따라 일어났다.

"실례가 많았습니다."

"실례는 제가 먼저 한 걸요. 그럼 안녕히 돌아가십시오."

인사를 하고 돌아서는데 녀석이 내 팔뚝을 살짝 잡았다.

"저, 친구 분과 자주 하셨던 걸 제게 하셔도 됩니다."

내가 영문을 모르겠다는 표정을 짓자 부연 설명을 덧붙였다.

"이를테면 남자 친구들끼리 자주하는 헤드락이나 허그라든지…….
돌아가신 친구 분이 그리워 절 찾아오셨다면 보통 사이가 아니신 듯해서요."

보통의 남자들에겐 찾아볼 수 없는 타인에 대한 세심한 배려. 녀석이 맞다.

"아닙니다. 안녕히 가십시오."

녀석의 잡은 손을 빼며 돌아섰다. 녀석에게 눈물을 들킬까봐 뒤도 돌아보지 않고 서를 향해 걸었다. 녀석에게 헤드락을 걸었다간 녀석은 다음에 또 만나 친구의 이야기를 들려달라고 할지도 모른다. 아스팔트의 열기가 올라와 온몸에 땀방울이 맺혔다.

"무슨 일 있으세요? 표정이 영 안 좋으신데요."

서로 돌아와 자리에 앉아 있는데 종석이 말을 걸어왔다.

"일은 무슨. 아니야. 인마."

"거울 좀 봐봐요. 누구한테 시치미를. 무슨 일인데요?"

"사람이 말이야. 아니 기억이 말이야."

"기억이 뭐요? 기억상실?"

"아니. 기억이 막 조작되고 그럴 수도 있는 건가?"

"최면 뭐 그런 걸로 가능하지 않을까요."

"그래도 그렇지. 한 사람의 기억이 완전히 통째로 바뀐다는 건 말이 안 되지?"

"팀장님도 참, 이 일 하면서 말도 안 되는 일 한두 번 보셨어요? 갑자기 순진하게 왜 이러실까. 누가 막 자기 다른 사람이라고 우겨요? 지문 찍어보면 되겠네. 유전자 검사를 하든가."

*

다음날, 퇴근길에 진영의 가족들이 살고 있는 집에 들렀다. 이사할 때 한 번 와보고는 10년 만이다. 사실 그땐 진영의 인생이 가장 중요했다. 진영이 남긴 퇴직금과 보험금이며 유산이면 그들이 살아갈 수 있을 거라는 생각만 했지 그들이 어떻게 살아갈 것인가에 대해선 생각하지 못했다. 진영의 어머니와 유진이 살림을 합칠 거라는 소식에 너무 놀랐었다. 그들에겐 돈보다도 아이들을 키우는 게 더 큰 문제라는 걸 뒤늦게 깨달았지만 이미 늦은 후였다. 그러다가 유진이 공무원 시험에 합격했다는 소식을 듣고 난 후에야 난 그들에 대한 마음의 짐을 조금 벗을 수 있었다. 아니 애써 벗으려고 외면하려고 했던 것 같다.

현관문을 열어준 건 민아였다. 식구들 모두가 현관에 나와서는 나의 방문이 뜬금없다는 표정을 지었는데 진영의 노모만이 친자식을 만난 것처럼 반가워했다. 진영의 어머니가 세월만큼 늙은 건 서글프지만 놀랄 일은 아니었다. 하지만 아이들의 변화는 놀라운 일이었다. 진영의 아이들이다. 안고 업고 함께 뒹굴던 시절이 있었는데 이제는 길에서 만난다 하더라도 몰라볼 만큼 변했다. 나보다도 키가 커버린 민성이, 곱게 화장을 해 제법 아가씨 티가 나는 민아. 아이들을 보며 진영이 곁에 있었다면 어찌됐든 이 아이들이 크는 과정을 낱낱이 지켜보며 살았을 거란 생각에 팔다리에 힘이 풀렸다. 하마터면 양손에 들고 있던 과일바구니와 한우세트를 놓칠 뻔했다. 그 순간 유진과 민성이가 나서서 그것들을 받아들었다.

"이 비싼 걸 뭐 이렇게 많이 사 왔어. 이렇게 얼굴만 보여줘도 고마운데."

"비싸긴요 뭘. 가끔이라도 찾아뵙고 했어야 하는데 죄송해요."

"아니야, 아니야. 와줘서 고마워. 어째 더 멋있어졌네. 이제 높은 사람 됐지?"

"네, 뭐."

"우리 진영이도 살아 있으면 이제 부장도 되고 상무도 되고 했을 텐데."

노모의 말에 실직을 걱정하던 진영의 눈물이 떠올라 울컥했다. 진영의 말처럼 노모에겐 진영이 세상에서 제일 잘난 아들이었다. 그래, 진영이가 실직하여 망가지는 것을 지켜보는 것보다 차라리 죽었다고 생각하는 게 나을지도 모른다. 난 그때 잘한 거다. 그럼에도 노모의 가슴속에 아직도 생생히 남아 있는 녀석의 얘기를 더 길게 할 자신은 없었다.

"저 그럼 이만 가볼게요."

"아니, 그러는 게 어딨어. 왔으면 밥이라도 먹고 가야지."

"예전에 많이 차려주셨잖아요."

미리 준비해두었던 용돈 봉투를 민아와 민성이에게 하나씩 건네는데, 아이들은 낯선 아저씨가 주는 봉투를 받아야 하나 말아야 하나 주저했고 유진 또한 나를 만류했다.

"괜찮아. 나 아빠 친구야. 받아도 돼."

아이들에게 말을 하면서 유진을 바라보자 유진도 한 걸음 물러나며 아이들을 향해 고개를 끄덕였다. 그제야 아이들은 공손히 봉투를 받아들며 감사 인사도 잊지 않았다.

이 분기 상여금 전부를 이렇게 쓰는 것으로 이들에게 면죄부를 얻으려는 건 아니었지만, 의젓하게 자란 아이들을 보니 그동안 유진과 노모가 겪었을 고통이 떠올랐다. 그것이 또 새삼 나를 죄인으로 만들었다.

"그만 가보겠습니다."

더 있다 가라고 붙잡는 노모를 뒤로하고 급하게 신발을 찾아 신는데 유진이 따라나섰다.

"이러시라고 사진을 보낸 건 아니에요."

"알지요. 제가 봐도 너무 닮았던 걸요."

"제가 괜한 짓을 해가지고 마음 불편하게 해드렸네요. 이미 죽은 사람을."

유진은 말끝에 실소를 터뜨렸다. 유진이 그렇게 결론을 내려주니 한결 마음의 짐을 더는 기분이었다.

"애들이 의젓하게 잘 자랐네요. 유진 씨도 이제 좀 즐겁게 사세요. 새로운 사람도 만나시고."

"제가 알아서 할게요."

진영이 결혼까지 해서 딸까지 두었다는 말이 생각나서 주제넘은 참견을 했다.

"들어가세요. 이제라도 종종 들릴게요."

"아니요. 다시 오지 마세요. 부담 드리고 싶지 않네요. 어머님도 기태

씨 보면 애들 아빠 더 생각나실 테고요. 오늘 와주신 걸로 충분해요."

그렇게 말해주는 유진이 고마웠다.

"안녕히 가세요. 저 이만 들어갈게요."

유진이 먼저 이 상황을 종결지으며 뒤돌아섰다. 그래 나도 이렇게 잊으면 그만이다. 여태 그래왔던 것처럼. 녀석이 진영이라 해도 이젠 어쩔 수 없다. 잘 살고 있다면 죽은 것보다는 나은 일 아닌가.

이별의 알리바이

오늘밤 나는 비 맞는 여치처럼 고통스럽다 라고 쓰다가, 너무 엄살 같
아서 지운다

— 유하, 「당신」 중에서

엄마가 돌아가시는 그 순간에 나는 처음 만난 사람들과 술을 마시고
있었다. 2차로 간 회식 자리에서 과장이 친구를 만났는데, 작은 카페에
그들과 우리밖에 없어서 자연스레 합석이 이루어진 것이다. 골목길 끝
에 자리한 그 카페는 과장의 단골집이라 이런 우연한 만남은 처음 있는
일이었지만 그렇다고 그렇게 이상한 건 아니었다. 술값이 여느 카페보
다 비싼 편이라 과장은 특별히 기분이 좋은 날에만 우리를 이쪽으로 몰
고 오곤 했었다. 아무튼 그렇게 합석하게 된 인원이 우리 팀 직원 네 명
과 과장의 친구와 그의 직원 둘과 이렇게 일곱이었다. 그들은 무슨 신
나는 일이 있는지 한 잔만 더, 한 병만 더, 조금만 더를 외치며 집에 갈
생각을 안 했다. 그들이 집에 가지 않는 것이 나와 상관없는 일이었으
면 좋겠지만 그들은 집에 가겠다는 나를 놓아주지도 않았다. 내가 가면
여자 혼자 남게 되는데 나는 어떡하냐는 표정으로 애원하듯 바라보는
나영 씨. 그렇게 난처하면 같이 일어나면 될 것을 일어날 생각은 안하
고 나를 붙잡는 그녀를 차마 외면할 수도 없었다. 지금 이렇게 일어나

버리면 의리 없는 년이 돼버리는 여자들의 세계가 싫었지만 그냥 견디는 수밖에 별 도리가 없었다.

우리 팀은 과장과 김 대리, 나영 씨와 나 이렇게 넷이었는데, 과장 친구의 직원들은 모두 남자였다. 이게 화근이었다. 남자 직원밖에 없는 그들은 역시 식품회사라 여직원이 많은가 보다며 김 대리를 노골적으로 부러워했고, 나영 씨도 그들 중 하나가 마음에 들었는지 평소보다 들떠 있었다. 난 내일 회사에서 마저 처리해야 하는 문제를 끌어안고 불편한 몸과 마음으로 조금씩 취해가고 있었다. 1차가 끝났을 때 자리를 벗어났어야 했다는 생각은 늦은 후회일 뿐이었다.

막차를 놓치면 안 된다고 하니 겨우 그들에게서 놓여날 수 있었다. 택시비를 주겠다며 붙잡는 이는 없어서 그나마 다행이었다. 꼭 다시 만나자는 기억도 못할 인사를 여러 번 하고 나서야 겨우 집으로 가는 버스에 몸을 실었다. 버스는 웬일로 빈자리가 서너 개 보일 만큼 한산했다. 자리를 잡고 앉아 습관처럼 휴대폰을 열어봤다. 부재중 전화가 여러 통 와 있었다. 밤 10시부터 12시 사이 두 시간 동안 오빠가 두 번, 언니가 다섯 번 전화를 했다.

늦은 시각, 이렇게 여러 통의 전화를 했다는 건. 불길한 예감이 머리를 휘저으며 돌아다닌다. 늘 이런 상황을 예상하며 마음 졸이며 살아왔다. 그런데 막상 그 순간에 의미 없는 술자리에 불편하게 앉아 있었다고 생각하니 슬프다기보다 화가 치밀어 올랐다.

이른 아침이나 늦은 밤, 오빠가 전화라도 하면 전화를 받기 전에 이미 심장이 두근거리곤 했다. 한 번은 오빠에게 그런 마음을 얘기했더니 그 후로 오빠는 이른 아침이나 밤늦게 전화하지 않았다. 각자의 근무 시간을 피해 서로의 시간을 맞추려다보니 자연스레 통화를 하는 일이 줄어들었고 그런 시간이 길어질수록 나도 모르게 점점 무디어져가고 있었다.

바로 언니나 오빠에게 전화를 걸어야겠지만 망설여졌다. 취기가 몰려왔다. 자정이 넘었다. 지금 택시를 타고서라도 춘천으로 가야 하는지 새벽 첫차를 타야 하는지도 판단이 서질 않았다. 일단은 집으로 가서 몸에 퍼져 있는 술 냄새부터 없애야겠다고 생각하는 순간 전화벨이 울렸다. 언니다. 이젠 전화를 받아야 한다.

전화를 받자 언니는 왜 이렇게 통화가 안 되냐, 몇 번을 전화했는지 모르겠다, 여태 집에 안 들어가고 밖이냐 그리고 엄마가 한 시간 전에 돌아가셨다는 말까지 예상했던 모든 말을 쏟아냈다. 언니의 행동은 실망스러울 때가 많았지만 예상을 빗나가는 법이 거의 없어서 특별히 실망이 더해지지는 않았다. 그러나 언니는 오늘 내가 전화를 늦게 받은 것에 크게 실망을 했는지 한숨을 여러 차례 쉰 다음에야 내일 아침에 일찍 오라고 아량을 베풀 듯 말하며 전화를 끊었다.

집에 들어와 샤워를 하고 나니 술이 깨며 정신이 말똥말똥해졌다. 잠이 달아났다. 간단히 짐을 챙기고 첫차 시간을 기다려 터미널로 향했다. 밤을 새우고 버스에 오르니 하나의 산을 넘은 기분이 들었다. 과장에게 상황을 알리는 메시지를 보내면서 어제 하던 일을 마무리 짓고 나오지 못한 것이 못내 찜찜했다. 그래도 잠을 좀 자보려고 자세를 잡았다. 깜박 졸았던 것 같은데 버스는 이미 춘천터미널에 도착해 있었다.

*

장례식장은 요양병원 지하에 있었다. 계단을 내려오면 바로 앞에 특실이 하나 있고 그 옆으로 나란히 일반실이 세 개 있었다. 아파트의 평수는 다양한데 왜 장례식장은 다를까. 빈소는 특실과 일반실 두 개뿐이었다. 삶보다 죽음 앞에서 조금은 공평해지는 걸까. 엄마의 빈소는 가장 구석에 자리했다.

빈소엔 아직 영정 사진도 마련되지 않았다. 오빠는 어디 갔는지 언니와 조카들만 빈소를 지키고 있었다. 조카 둘이 뛰어다니는 것보다 뛰지 말라고 소리치는 언니의 목소리가 더 거슬렸다. 언니는 나를 보자 아직도 술 냄새가 난다며 한차례 잔소리를 퍼부었고 상복부터 챙겨 입으라며 호들갑을 떨었다. 내가 상복을 갈아입는 동안에도 언니는 옆에 서서 어머니가 돌아가시는 날 술을 마시고 다니는 불효자라며 나를·몰아세웠다. 아주 긴 시간이 흐른 것 같았다. 옷을 갈아입고 나니 오빠와 새언니가 돌아왔다. 어제 밤늦게 빈소에 들어오는 바람에 아침부터 장례 절차를 숙지하느라 정신이 없던 오빠는 할 일이 많으니 우선 밥부터 먹자고 했다.

육개장은 해장을 하기에 적당한 음식이었다. 그릇 바닥이 보이도록 다 먹어 치우고 나니 커피가 생각났다. 따뜻한 아메리카노를 투샷으로 마시면 정신이 좀 개운해질 것 같았다. 밖으로 나와 여기저기 둘러보아도 커피숍은 보이지 않았다.

"희수야."

어디선가 나를 부르는 소리가 들렸다. 이곳에서 나를 찾는 사람이 누구일까. 소리의 행방을 찾아 두리번거리고 있는데 누군가 등을 때렸다.

"희수 맞지? 이게 얼마만이야. 그동안 어디 있었던 거니? 어떻게 여기서 만나냐."

뽀얗고 동그란 얼굴이 나를 보고 웃고 있는데 눈두덩은 퉁퉁 부어 있었다.

내 이름을 이렇게 다정하게 부르는 걸 보면 학창 시절 동창인가 보다. 하지만 그녀가 누구인가 기억해내는 것보다 그녀가 들고 있는 스타벅스 커피 잔에 자꾸만 눈이 갔다.

"나야, 춘천여중 3학년 1반 강소라."

기억이 났다. 우린 그때 나란히 반장과 부반장이었다.

반장이 되는 건 내가 유력했다. 많은 아이들이 나를 반장으로 적합하다고 생각하고 있었다. 소라는 반장 선거를 앞두고 모든 아이들에게 과한 친절을 보였다. 그렇게 일주일을 보냈으나 소라의 노력에도 불구하고 아이들의 생각은 변하지 않는 것 같았다. 친절 유세가 먹히지 않자 반장 선거 당일에 소라는 반장이 되면 모든 친구들에게 햄버거와 떡볶이를 사겠다는 공약을 걸었다. 결국 아이들은 소라를 반장으로 뽑았다. 늘 배가 고픈 나이였다. 나는 자연스레 부반장이 되었다.

민주주의를 실천하기엔 우린 너무 미숙했다. 소라와 내가 박빙의 승부를 겨루고 있었다면 그렇게 억울하진 않았을 거 같다. 아니다. 억울함은 마찬가지였을 거다. 어찌되었든 그날부터 소라는 반장이었고 나는 부반장이었다. 이제 와서 생각하면 아이들은 공짜로 햄버거를 먹을 수 있었으니 아이들의 선택이 크게 잘못된 것이라고 말할 수도 없을 거 같다. 반장이 누가 되든 반 아이들의 운명이 바뀌는 것도 아니었다.

"기지배 서운하다. 어떻게 나를 몰라보니? 우리 둘이 사이좋게 반장, 부반장이었는데."

사이좋게? 햄버거를 돌리는 것으로 반장의 역할은 끝이었다. 반장이 된 이후에 소라가 반을 위해 노력하는 일은 없었다. 오로지 앞에 나서기만을 좋아했다. 잡다한 뒤처리는 늘 내 몫이었다. 소라야, 너는 나를 기억하는 게 신나는 일일지도 모르지만 나는 너를 기억하는 게 썩 유쾌하지 않구나. 그런 기억을 떠올리지 않아 서운하다고 한다면 너무 이기적인 거 아닌가. 몰라봐도 좋을 만큼 기억하지 못해도 될 만큼 이미 충분히 기억이 났다.

"여기 무슨 일이야? 누가 돌아가신 거니?"

"엄마."

"어머나, 어떡해. 너 진짜 슬프겠다."

라고 하는 말투가 "너 진짜 좋겠다"라고 말할 때와 크게 다르지 않았다. 강소라답다.

"너는?"

"우리 아빠."

라고 대답하더니 갑자기 엉엉 우는 것이었다.

그래도 동창이라고 궁금하지도 않았던 것을 괜히 물어가지고 귀찮게만 됐다. 우는 아이를 두고 그냥 들어가버릴 수도 없고 난감하다.

눈물로 시작한 소라의 말은 끊이지 않았다. 아빠가 갑자기 심근 경색으로 쓰러져 응급실에서 숨을 거두었다는 얘기부터 아빠가 자신을 얼마나 사랑했는지…… 에피소드가 줄줄이 이어졌다.

외동딸을 차마 시집보내기 힘들었던 소라의 아버지는 당신의 집 바로 앞의 집을 시세보다 2천만 원이나 더 주고 사들여 소라의 신혼집으로 꾸며주었다고 한다. 매물로 나오지도 않은 앞집에 2천만 원이나 되는 웃돈을 얹어주며 다른 동으로 이사하게 한 것이다. 이사 비용도 별도로 지불했다고 하니 뭐 다 똑같이 생긴 아파트 이사 한 번으로 2천만 원이 생기는데 굳이 마다할 이유도 없었겠다.

말이 시집을 간 것이지 친정 앞집에서 끼니를 모두 해결하고 자기네 아이들도 태어나면서부터 줄곧 현관문만 나서면 보이는 외가를 제 집 드나들 듯이 하며 살고 있다는 얘기다. 그렇게 살았으니까 소라는 엄마가 되었음에도 저렇게 해맑은 표정을 하고 있나 보다.

*

나도 아버지가 돌아가셨을 땐 소라처럼 서럽게 울었다. 내가 대학을 막 졸업하고 인턴사원이 되어 기뻐하던 때, 오빠는 결혼을 했다. 모든 것이 좋았던 그때, 채 한 달이 안 되어 아버지가 배달을 다녀오다가 뺑소니 사고를 당했다. 갑작스런 아버지의 죽음에 가족들 모두 넋을 잃은 채 장례를 치러야 했고, 기필코 뺑소니 범을 잡겠다며 우리는 결기를 다졌다.

사고 현장에 현수막을 거는 건 기본이었다. 오빠는 다니던 회사를 그만두고 엄마를 도와 아버지가 하던 배달 일을 하며 목격자를 찾는 전단지를 돌렸고, 나도 주말마다 내려와 전단지를 돌리며 목격자를 찾겠노라 이를 악물었다. 그리고 언니. 장례식 때 가장 크게 울며 뺑소니 범을 꼭 잡겠다고 소리쳤던 언니는 막상 무언가 일을 할 때는 아이들이 어리다는 이유로 가장 소극적이었다.

끝내 목격자는 나타나지 않았다. 그리고 그보다 더 큰 문제는 식당의 배달 주문이 눈에 띄게 줄어들었다는 거였다. 음식 배달을 시켰는데 뺑소니 범 목격자를 찾아달라고 전단지를 내미니 어쩌면 입맛이 떨어지는 일이었을지도 모르겠다.

우리의 분노는 먹고사는 문제 앞에서 생각보다 쉽게 쪼그라들었다. 엄마는 더 이상 뺑소니 범을 잡는 일을 포기하자고 했고 언니는 요즘 누가 전단지를 돌리며 목격자를 찾느냐고 인터넷 시대를 운운하며 잘 난 척을 했다. 잔뜩 지쳐 있던 오빠와 나는 언니의 말에 화가 났고 싸움으로 이어졌다. 견고하게 지어진 아파트에선 층간 소음으로 싸울 일이 없는 것처럼 아버지가 그렇게 돌아가시지 않았다면 우리가 이런 싸움을 할 일도 없었을 거다.

뺑소니 범이 잡히지 않자 친척들은 사람을 잘못 들여서 그리된 거 아니냐고 수군거리며 못 잡은 뺑소니 범에 대한 분노를 엉뚱한 곳에 돌렸다. 엄마도 그 말을 믿었던 건지 새언니에게 화를 내는 일이 많아졌다. 비단 친척들의 수군거림 때문만은 아니었을 거다. 아버지가 하던 배달 일을 아들이 대신한다고 해도 아버지에게 하던 것처럼 새벽 장보기와 양파나 마늘을 까는 허드렛일을 맘 편히 시킬 수 없으니, 엄마가 더 고된 삶을 사는 것은 당연한 일이었다. 엄마의 일이 한결 힘들어져서 어쩌면 그냥 저절로 나오는 짜증이었을지도 모른다. 오빠는 오빠대로 익숙지 않은 배달 일을 하면서 직장 생활을 할 때 느꼈던 굴욕감과 다른 차원의 굴욕감을 느끼며 힘들어하고 있었다. 아버지의 빈자리는 생각보다 훨씬 컸다.

*

"엄마!"

유치원생으로 보이는 꼬마 둘이 소라에게 달려오더니 소라의 치마폭에 안겨들었다. 소라는 아이들에게 엄마의 친구라고 나를 소개했다. 그리고 학창 시절 엄마가 반장이었고 내가 부반장이었단 말도 빼먹지 않았다. 소라는 남매를 두었다. 그야말로 없는 거 없이 다 갖춘 모양새이다.

"아무래도 들어가봐야겠다. 아, 너무 오랜만에 만났는데 왜 하필 이런 데서. 우리 다음에 천천히 그 동안의 얘기하자."

뭐가 그리 아쉽다는 걸까. 헤어지는 게 너무나 아쉽다는 표정을 지으며 소라가 아이들을 데리고 장례식장 안으로 발을 옮겼다.

"저기. 소라야."

장례식장으로 막 들어가려는 소라를 다급히 붙잡아 세운 나의 용건은 커피숍의 위치를 알아내는 것이었다.

"너 커피 마시고 싶구나. 한참 나가야 하는데. 차는 있니?"

내가 얼버무리자 소라는 자신의 커피를 나눠주겠다며 나의 손목을 붙잡고 장례식장 안으로 성큼성큼 걸어 들어갔다.

장례식장 안에 유일한 특실이 소라 아버지의 빈소였다.

소라는 종이컵을 가져와 내게 커피를 반 따라주며 한없이 자비로운 반장의 표정을 지어보였다. 그러고는 엄마를 열심히 찾았다. "엄마, 엄마" 하는 소라의 목소리와 말투는 중학교 때 그것과 크게 다르지 않았다. 내 엄마가 돌아가신 장례식장에서 해맑은 목소리로 제 엄마를 찾는 소라의 목소리를 들으니 목에서 뜨거운 것이 올라오는 느낌이었다. 그 느낌을 누르려고 종이컵에 담긴 커피를 단숨에 들이켰다. 뜨거운 커피를 목으로 넘기며 몸 안에서 꿈틀대던 뜨거운 기운을 겨우 다독였다. 나중에 오겠노라 둘러대며 그 자리를 피했다.

빈소로 돌아오니 엄마의 영정 사진이 도착해 있었다. 흐릿한 사진 속의 엄마는 무척 젊었다. 20년 전쯤의 증명사진을 확대한 것이다. 엄마의 병이 시작됐던 9년 전, 영정 사진을 준비할 만큼 엄마는 나이가 많지 않왔다. 병이 시작되고 9년의 시간이 흘렀어도 영정 사진을 준비해야 한다는 생각은 미처 못 했다. 그렇게 영정 사진 하나 제대로 갖추지 못한 엄마의 빈소였다.

나를 본 언니는 어디 갔다가 이제 오냐며 또 타박을 했다. 이곳에서 전문대를 나온 언니는 뭔가 내게 꼬투리를 잡을 때마다 "서울에서 대학 나온 애가"라는 말로 시작해서 내가 마치 대단한 혜택을 받고 자랐음에도 불구하고 변변치 못하다는 식으로 말을 끝냈다. 내가 서울로 대학을 갔다고 해서 형제들 중 특별한 혜택을 받은 건 없었다. 월세와 생활비를 보충하기 위해 온갖 아르바이트를 하며 버텨나간 생활이었다. 고된 아르바이트로 장학금을 놓쳤을 때 나의 모자람을 한탄하며 한없이 울기도 했다. 그런데 언니는 왜 자꾸만 내게 "서울에서 대학 나온 애"라는 말을 입버릇처럼 하는 건지. 그 말을 들을 때마다 속이 거북해졌다.

오후가 되어 소라가 중학교 때 친구들 다섯 명을 데리고 조문을 왔다. 아마 소라 아버지 장례식장에 온 친구들을 그대로 몰고 이곳으로 왔나 보다. 나와 꽤 친했던 두 친구가 반갑기도 했지만 우르르 등장한 그들에게 반가운 마음보다 당황스러운 마음이 더 컸다. 그 애들은 모두 아이 엄마가 되어 있었고 사춘기 소녀 때보다 더 수다스러워져 있었다. 그들의 수다 속에서 나는 서울로 대학 가더니 연락을 딱 끊어버린 깍쟁이 같은 계집애가 되어 있었다. 친구들은 그 동안 연락도 없이 살아온 나를 원망하는 데 조문의 목적이 있는 듯했다. 그 동안 어떻게 지냈냐고 묻는다.

엄마는 그렇게 두 해를 버티다가 식당 문을 닫겠다고 했다. 때마침 새언니는 임신을 했다. 고향집과 식당을 정리해 오빠가 새로운 프랜차이즈 김밥집을 열고 엄마는 오빠네 집으로 들어가 손주를 봐주며 살기로 했다는데, 오빠와 엄마 두 사람끼리 말을 맞추었을 것이다. 직장생활도 해야 하고 친정도 멀리 있는 새언니로서는 궁여지책으로 엄마의 제안을 받아들였을 거다. 고향집이 사라지는 게 못내 아쉬웠지만 내 기분 때문에 그들의 일을 반대할 수는 없었다. 고향집과 식당을 정리하고도 얼마간의 대출을 받아야 한다고 하니 상속 지분을 운운할 때도 아닌 것 같았다.

식당을 그만둔 엄마는 눈에 보일 정도로 새언니에게 친절해졌다. 엄마의 고단함이 줄어 그런 것이라면 다행한 일이지만 엄마의 친절함에는 왠지 비굴함이 느껴졌다. 하지만 나는 애써 외면했다.

새언니가 아이를 낳으면 산후조리원에 가겠다고 하자 엄마는 이왕 손주도 봐주기로 했으니 며느리 산후 조리도 직접 맡겠다고 적극적으로 말렸다. 마침내 새언니가 아이를 낳고 퇴원을 했다. 엄마는 아이의 배냇저고리를 비롯한 아기 용품들을 하나하나 챙기고 정성스레 미역국을 끓이며 열과 성을 다했다. 하지만 불과 일주일 만에 대형 사고가 벌어졌다.

엄마는 식당을 정리하기 1년 전부터 자꾸만 접시를 깨서 식당을 정리할 때쯤엔 남아 있는 그릇이 얼마 되지 않을 정도로 몸이 좋지 않았는데, 태어난 지 2주도 안 된 조카를 안고 일어나다가 그만 아이를 떨어뜨린 것이다. 다행히 조카는 무사했지만 신생아의 엄마가 기함하기에는 충분한 사건이었다. 새언니는 그날로 아이를 안고 산후조리원으로 직행했다. 높은 위치가 아니었고 또 이불 위에 떨어졌으니 그나마 다행이었다.

오빠가 새언니에게 어머니 민망하시게 그렇게 바로 산후조리원으로 갈 건 뭐냐고 엄마를 두둔했다가 결혼 이래 가장 큰 부부싸움이 벌어졌다. 시아버지의 죽음 앞에서 친척들이 온갖 험한 말을 해도 다 참아 넘기던 착한 새언니에게도 이번 일은 참지 못할 사건이었다.

엄마의 병명은 근위축성측삭경화증. 루게릭이라고 불리는 그 병이었다. 의사는 엄마가 앞으로 삼사 년밖에 못 살 거라고 했다. 원인도 이유도 모르는 병명 앞에 그저 멍해질 뿐이었다. 세상이 원망스러웠으나 딱히 어디에 대고 원망해야 할지 몰랐다.

나의 꿈은 고작해야 인턴 계약 기간이 끝나고 정규직이 되는 것이었는데 회사는 나에게 무기 계약을 제안했다. 꿈은 이루어지는 게 아니라고 누가 그랬다. 이루기 힘든 거창한 꿈을 꾸었더라면 그나마 덜 억울했을 것이다. 제안이 맞긴 한 건가. 보란 듯이 회사를 걷어차고 나오고 싶었지만 엄마의 병이 나에게 참으라고 하는 것 같았다.

병원비는 오빠가 절반을 부담하고 나머지는 언니와 내가 절반씩 부담하기로 했다. 모두에게 부담이 되는 건 마찬가지였다. 그래도 엄마의 얼마 남지 않은 삶에 자식으로서 최소한의 예의는 다해야 할 것 같았다. 하지만 언니는 1년도 채 안 되어 아이들 유치원 보조금이 끊겼다며 앓는 소리를 하고 더 이상 병원비 부담하는 것을 거부했다. 언니에게 오빠는 부모님 집을 팔아 모두 차지한 사람이었고, 나는 서울에서 대학을 다닌 대단한 혜택을 받은 몸이었다. 다시 언니의 몫을 오빠와 내가 반반씩 부담하기로 했다.

우리는 한 핏줄이라는 이유로 형제라는 이유로 그래도 가끔 그리워 했지만 그게 전부였다. 만난다고 하여도 서로에게 위로가 되어줄 수 없었다. 고향집은 사라졌고 오빠네 집에 이젠 엄마도 없었으므로 마음 편히 쉬었다 갈 곳도 없어졌다. 춘천에 오는 발걸음이 점점 더 뜸해질 것이다. 다음 모임엔 꼭 나오라는 친구들의 말을 들으며 난 아무 대답도 할 수 없었다. 하지만 부의금 봉투까지 받았으니 참 난감하다. 이제 엄마까지 없는 마당에 여기에 올 일이 있을지 모르겠다.

*

지루할 것 같았던 장례식장에서의 하루는 생각보다 빠르게 지나갔다. 늦은 저녁, 김 대리와 나영 씨가 회사를 대표해서 조문을 왔다. 김 대리는 영정 앞에서 절을 하고 나서도 엄마의 영정 사진을 오래도록 들여다보았다. 사진 속의 엄마는 아마 김 대리가 보았던 모습보다 훨씬 젊었다. 김 대리는 나의 전 남자친구이기도 하다. 동거를 시작하기 전에 엄마의 병실을 함께 찾아간 적이 있었다. 말 한마디 나눌 수 없는 상태였지만 그래도 그게 도리라고 생각했었다. 그러니까 김 대리는 지금 전 여자친구 엄마의 장례식에 직장 동료로서 와 있는 거였다. 이상할 건 없다. 난 2년 전에 그의 결혼식에 가서 축하해주기도 했으니까. 그의 아내는 지금 두 달 후 출산을 앞두고 있다.

김 대리는 입사 2년 선배이다. 같은 부서에 근무하며 함께 야근하는 날이면 저녁을 함께 먹고 집도 같은 방향이라서 함께 퇴근을 하곤 했다. 매일 얼굴을 보는 사이였지만 남자로 호감을 느낀 것은 아니었다. 그에게 호감을 느낀 건 아주 단순한 계기에서 시작됐다. 그는 내가 바라마지않았던 정규직이었다. 그는 자신의 입사 당시 정규직 전환 비율을 알려주며 그때만 해도 회사 사정이 지금보다 조금 더 나았던 것뿐이라고, 내가 너보다 잘나서 그 자리를 차지할 수 있었던 건 아니라고. 그러면서 직장인의 능력이란 게 어디까지 비굴해질 수 있느냐에 따라 어느 정도 결정된다고도 했다. 그의 말이 사실이든 아니든 그 순간 나에게는 터무니없이도 큰 위로가 됐다. 대부분의 정규직 선배들은 상사 앞에서 비굴해보였고 역으로 딱 그만큼 우리 앞에서는 자신이 우월한 존재인 양 거들먹거렸기 때문이었다.

의사가 말한 4년의 시한이 지났는데도 엄마는 돌아가시지 않았다. 그러는 사이에 나도 서른을 넘겨 더 이상 대학가 원룸에서 자취를 한다는 게 젊은 친구들에게 슬슬 눈치가 보이기 시작했다. 게다가 원룸의 월세는 꼭 내 월급이 오른 만큼 오르더니 어느 순간부터는 내 월급을 추월해 오르고 있었다.

내가 이사 문제로 고민을 하자 김 대리는 결혼을 하자고 했다. 그는 장남이었고 아직도 시골 어른들은 그들이 정해놓은 결혼 적령기라는 걸 중요하게 생각했다. 김 대리는 그런 부모님의 생각을 따라주고 여자 친구의 고민도 덜어줄 겸 제안한 것이었다. 데이트하다가 헤어지는 게 싫어 청혼을 한다는 그런 낭만적인 감정은 그에게도 나에게도 물론 없었다. 중요한 것은 양친 부모 모두 참가할 수 없는 결혼식이었다. 내게는 결혼보다 결혼식이 더 감당하기 힘든 일이었다. 그렇지만, 한 번도 뜨거웠던 적은 없지만 그럼에도 그를 놓치고 싶진 않았다. 그마저 없다면 세상에 버려진 외톨이가 될 것 같았기 때문이다.

엄마가 있었지만 엄마 품에 안길 수 없고, 고향은 있지만 고향집은 사라졌고, 직장에 다니고 있지만 영원한 비정규직이었다. 그래서였다.

동거라는 것이 여자에게 손해라는 것을 분명히 알면서도 난 결혼식을 하는 것보다 일단 같이 살아보자고 했다.

사내 커플이란 게 알려지는 건 계약직인 내게는 치명적인 일이었다. 우리가 그 흔한 커플링 하나도 나눠 끼우지 못한 이유였다. 어쨌든 합의는 이루어졌고 둘의 자취 살림을 합쳐 투룸을 얻어 이사를 했다. 하지만 이 또한 반쪽짜리였다. 그와의 동거 생활은 나에게 아무런 안정감을 가져다주지 못했다.

빚 대신 받은 며느리가 이런 것일까. 그의 식구들은 필요할 때만 나에게 며느리 역할을 요구했고, 어떤 경우에는 (거의 매사라 해야 맞을지 모르겠다.) 나를 이방인 취급하기도 했다. 행여 내게 붙어 다니는 불행이 제 아들에게 옮겨갈까 노심초사하는 모습을 보는 것이 가장 힘든 일이었다. 그렇게 1년이 지나자 그들을 마주해야 하는 힘겨움이 그를 놓치고 싶지 않았던 마음을 추월하고 있었다. 2년 전세 계약 기간을 겨우 채우고 우리는 헤어졌다.

우리는 헤어지고도 계속 한 직장에 머물며 같이 밥을 먹고 술을 마시고 이렇게 경조사에도 참석한다. 물론 우리 사이엔 무언의 규칙 같은 게 있었다. 다른 동료들과 회식을 하는 자리는 함께하지만 절대 단둘이는 만나지 않는 것. 절대 사적인 감정을 드러내지 않는 것. 회사에선 우리가 만난 것을 몰랐으니 당연히 헤어진 것도 몰랐다. 숨 막혔던 연애의 끝은 여전히 숨이 막혔다.

이렇게 사는 게 불편하지 않느냐고? 전 남자친구의 결혼식을 지켜보는 마음은 어떤 거냐고? 반 지하에 사는 사람에게 불편하지 않으냐고 묻는다면 뭐라고 할까? 설마 좋아서 살겠냐고 형편이 이것밖에 안 되니 어쩔 수 없이 사는 거라고 하지 않겠는가. 이건 내가 선택할 수 있는 문제가 아니었다. 내가 머무는 곳이 불편하다는 생각은 나를 더 불행하게 할 뿐이니 그냥 받아들이고 있는 것이다.

김 대리는 밤을 새울 작정으로 이곳에 온 것 같았으나 나영 씨는 일어날 기회만을 엿보듯 엉덩이가 들썩거렸다. 내일은 토요일이지만 두 사람의 주말을 망치게 할 수는 없었다. 게다가 그 둘이서 밤새 이곳에서 술을 마신다거나 고스톱을 치면서 시간을 때울 것도 아니었다. 두 사람에게 와준 것만으로 됐으니 저녁만 먹고 돌아가라고 했다. 김 대리는 주차장에 이르러서도 쉽게 차에 오르지 못했다. 그와 헤어지고 난 후에 처음 보는 표정이었다. 그저 연민을 담은 표정이란 걸 알면서도 내 눈에 눈물이 고이고 있다는 걸 느낄 수 있었다. 서둘러 그들을 차에 태우고 돌아서니 눈에 가득 고인 눈물이 주책없이 흘러내렸다. 지금 흐르는 눈물이 엄마가 돌아가신 슬픔 때문인지 나를 애잔하게 바라보던 김 대리의 눈빛 때문인지 알 수 없었다. 주차장 구석에 앉아 남은 눈물을 옷소매에 훔쳐내고서야 다시 장례식장으로 들어갔다.

*

수많은 사람들의 통곡 소리에 둘러싸인 채 운구용 리무진으로 들어가고 있는 것은 소라 아버지 관이었다. 그들의 통곡 소리를 들으며 엄마의 장례식에 아무도 통곡하지 않았다는 사실을 떠올렸다. 준비되지 않은 갑작스런 죽음과 내내 죽음을 준비했던 지루한 죽음의 차이였을 것이다. 소라도 그 사이에 섞여 통곡을 하고 있었다.

소라 아버지의 빈소에 가지 않은 게 생각나서 괜히 죄인처럼 몸을 숨겼다. 소라는 반장이었으니까 부족한 부반장이었던 나를 이해해줄 것이다. 저들은 통곡을 하고 있는데 나는 이런 생각이나 하다니 쓴웃음이 나왔다.

소라 아버지를 태운 리무진이 출발하고 승용차 수십 대가 그 뒤를 따라 줄지어 장례식장을 빠져나갔다. 주차장 절반 이상이 순식간에 비어버려 황량하기까지 했다. 이윽고 엄마를 태울 운구 버스가 도착했다. 버스 화물칸에 엄마를 태우고 우리도 버스에 올랐다.

이미 죽은 사람들이 뭘 알까? 서글픔은 오롯이 산 사람만의 몫일지도 모르겠다. 친구의 아버지와 내 엄마의 저승행이 저리도 다른 걸 지켜보아야 하는 건 산 사람의 몫이다. 그러니 이것은 그저 남은 자들의 일, 이승의 일이기를. 이승을 떠난 엄마와는 아무 상관없는 일이기를 바라본다.

엄마는 생각보다 빨리 타버렸다. 세상 떠나는 일에 그렇게 미련을 두더니 이제 와서 속도를 내고 있다. 벌써 아버지라도 만난 것일까. 부질없는 생각이다. 근육이라곤 전혀 없는 여위대로 여윈 몸이었다. 아직 식지 않은 유골의 열기가 유골함까지 전해졌다. 따뜻했던 엄마 품이 잠시 떠올랐다.

장례식을 마치고 오빠네 집으로 갔다. 장례 절차를 맞추느라 장례 기간 내내 힘들어했던 오빠였다. 누구보다 피곤했을 오빠에게 언니는 아랑곳 않고 벌써부터 부조금 정산을 타령했다. 장례비용을 제하고 얼마가 남는지 꼬치꼬치 묻고, 자신의 남편 손님이 제일 많았다는 말을 수차 강조했다. 그러고는 이미 9년 전에 팔아버린 집 얘기를 꺼내면서 자신만 4년제 대학에 못 갔다고 하소연까지 더했다. 아무래도 남은 부조금이 탐나는 모양이었다.

집에 가겠다고 하며 일어섰다. 새언니는 쉬다가 삼우제까지 지내고 가라고 했지만 어디에도 편히 쉴 공간은 없었다. 삼우제 때 다시 오겠다 하고 집을 나섰다.

서울로 가는 버스를 탔다. 더 이상 엄마의 병원비를 내지 않아도 된다. 그 덕분에 나는 조금은 더 자유로워질 것이다. 언제부턴가 엄마는 늘 보이지 않는 곳에 있었다. 그러니 언제든 엄마의 죽음을 덤덤히 받아들일 수 있을 거라 생각했는데 아니다. 보이지 않는 이승과 저승의 거리가 얼마나 먼 것인지 새삼 느낀다. 내 목에 채워져 나를 가두고 있으면서 한 번도 나를 안전으로 이끌어주지 못했던 가족과 직장이라는 목줄. 그중에 하나가 풀어진 느낌이다.

겨우 사흘 비워둔 집인데 싸늘함이 느껴졌다. 보일러를 틀고 얼마 전에 정리해서 넣어둔 겨울이불을 꺼내 펴고 누웠다. 잠이 들었다가 더운 느낌이 들어 잠에서 깼다. 새벽 6시다. 12시간이 지나 있었다. 내일까지는 회사에 가지 않아도 된다. 샤워를 하고 밖으로 나와 해가 뜨는 걸 바라본다. 단열재가 부실해 더 많은 냉방비와 난방비를 감수해야 함에도 불구하고 전망이 좋다는 이유로 옥탑방을 덜컥 계약을 하고 살았는데, 늘 출근 준비에 바빠 이곳에서 뜨는 해를 제대로 바라본 적이 없었다. 뜨는 해를 바라보고 있으니 문득 나에게 채워진 다른 목줄도 걷어내고 싶어졌다.

방으로 돌아와 사직서를 쓰고 몬테비데오행 비행기 표를 검색했다. 웬만해선 돌아올 엄두를 내지 못할 먼 곳으로 가고 싶어졌다. 사표가 수리되고 집이 정리되는 대로 티켓을 끊을 생각이다. 퇴근 시간 즈음에 김 대리에게 전화를 걸었다. 제대로 작별 인사를 해야겠다.

전기수의 사랑

아주 오랜 옛날 바닷가 어느 왕국에 애너벨 리라 불리는 한 소녀가 살았답니다. 이 소녀는 날 사랑하고 내게 사랑받는 것 외에는 어떤 다른 생각도 없었습니다.

—에드가 알렌 포, 「애너벨 리」 중에서

　장이 서는 날, 서문시장은 이른 아침부터 떠들썩하다. 약령시(藥令市)도 지나 조금 한산한 무렵이었으나 지난 장날에 불현듯 나타난 낯선 사내가 장의 분위기를 이렇게 바꾸어놓았다. '오늘도 그가 오려나.' 사람들은 모두 그를 궁금해했다. 아니 그가 제발 나타나주었으면 하고 바라는 눈치였다.

　"왔다. 왔어!"

　삼삼오오 모여 수다를 떨던 아낙 중 하나가 그를 제일 먼저 발견했다. 오른팔에 책보자기를 들고 유유히 걸어오는 그의 모습은 멀리서부터 눈이 부셨다. 우리 시골 사람들과는 댈 것도 아니었다. 다만 왼쪽 팔이 있어야 할 부분에 도포 자락이 맥없이 흔들리고 있는 것이 안타까울 뿐…….

　그가 점점 가까이 다가올수록 사람들의 수군거림은 잦아들었고 그가 느티나무 아래 자리를 잡고 책을 펴 드는 순간, 모두가 숨을 멈춘 듯

사위가 고요해졌다.

　오늘은 어떤 이야기를 하려나 모두 귀를 쫑긋 세운 채 그의 입만 바라보았다. 드디어 그가 구성진 목소리로 책을 읽어 내려갔다. 그가 책장을 넘길 때마다 이야기가 잠시 끊어졌는데 그럴 때마다 사람들은 침을 꼴깍 꼴깍 삼키며 그 짧은 시간조차 애달아했다. 물론 팔이 하나 없는 그에게 그 정도의 배려는 해야 한다고 다들 그리 생각할 것이다. 게다가 하루하루 삶을 이어가는 것이 고작인 시골 사람들에게 그는 대단한 선물을 안겨주고 있는 셈 아니던가. 그의 옆에 가서 책장을 넘겨주고 싶은 생각이 절로 들었지만 그럴 수가 없다. 내가 까막눈이라는 게 태어나 처음으로 한스러운 순간이다.

　다시 이야기가 이어지고 마침내 절정에 이르는 순간이었는데 이게 웬일인가? 그가 읽기를 딱 멈추어버린 것이다. 전엔 없던 일이었다. 책장을 넘기는 시간보다 서너 배의 시간이 흘렀다. 그가 사레라도 걸렸나 싶어 사람들은 걱정스러운 표정으로 그를 지켜보았지만 그는 잔기침 한 번 하지 않았다. 조금씩 술렁거리던 좌중 사이에서 성질 급하고 용감한 이가 책을 빨리 읽으라고 성화를 했다.

　그는 대답 대신 손을 안으로 당기는 손짓을 했다. 다들 영문을 모르겠다는 표정을 짓고 있을 때 다행히 눈치 빠른 이가 있어 슬그머니 엽전을 내어 놓았다. 눈치를 살피던 옆 사람들도 하나씩 엽전을 내어 놓았다. 그렇게 엽전 몇 냥이 놓였지만 그는 입도 꿈쩍하지 않았다. 다시 좌중이 술렁거리고 돈을 내어 놓지 않은 사람은 빨리 꺼내라고 여기저기서 성화를 해댔다. 결국에는 끝까지 눈치를 보던 이들마저 엽전을 다 내어 놓았다. 그렇게 옥신각신하며 한참 시간이 흘렀는데도 자리를 떠나는 사람은 없었다. 엽전이 수북이 쌓이고 나서야 그는 다시 책을 읽어 내려가기 시작했다.

세상의 이치란 게 다 그렇다. 자연은 우리에게 공으로 주는 것이 많지만, 인간이 인간에게 공으로 주는 것이 어디 그리 흔한 일이던가.

장이 파할 무렵, 주막에서 그를 다시 볼 수 있었다. 책을 읽을 때의 호탕한 모습은 온데간데없고 혼자 앉아 쓸쓸히 술을 마시고 있었다. 표정으로만 봐선 낮에 그자가 이자인가 알 수 없을 정도이다. 다만 너풀대는 왼 소매 자락과 콧수염이 그자임을 말해주고 있다. 워낙 어두운 표정을 하고 있는 터라 다른 손님들도 수군거리기만 할 뿐 그를 쉽게 아는 체하기도 어려웠다.

그런 날들이 한 달쯤 지나서였을까. 여름비가 억세게도 퍼붓는 밤, 비를 피하려 주막에서 들어갔는데 이번에도 그가 마루에서 혼자 술을 마시고 있었다. 거센 비 때문인지 주막 안엔 손님이라곤 그자밖에 보이지 않았다. 젖은 옷을 털면서 마루 끝에 걸터앉았다. 나도 엄연한 손님인데 괜히 그를 방해하는 것 같아 눈치가 보였다. 이런 나의 마음을 알아차리기라도 한 것일까, 그자가 말을 걸어왔다.

"아, 신발 벗고 편히 들어와 안구려. 거 바지가 다 젖었구먼."

쓸쓸한 표정과는 달리 그의 말투는 정겨웠다.

"내 궂은 날이면 잘려나간 팔이 욱신거려서 맨정신으로는 잘 수가 없다우. 그러니 술기운이라도 빌려 잠을 청할 수밖에."

그가 술잔을 비우고는 내게 잔을 내밀었다. 그렇게 술잔을 주고받으며 그와의 얘기가 시작되었다. 그의 이름은 김태천. 이렇게 책을 읽어주는 이를 한양에서는 전기수(傳奇叟)라고 부른다.

한양에서 사람들이 많이 모이는 곳엔 늘 김태천이 있었고 그의 인기는 하루하루 더해가고 있었다. 태천은 인기만큼 많은 돈을 벌었지만 버는 족족 밤마다 기생집으로 주막으로 주유하며 주색에 탕진하는 것이었으니 나이 서른을 훌쩍 넘기고도 집은커녕 아직 장가도 못 들었다. 하기야 태천은 장가드는 일 따위엔 애초부터 관심이 없었다. 과거 한 번 보지 못하는 놈의 씨는 남겨서 무얼 하나. 아쉬울 것도 없다. 이렇게 한 평생 살다 가면 그만이지.

그러던 어느 날, 지체 높으신 양반이 동대문 근처를 지나다가 태천을 보고는 그를 자신의 집으로 불러들였다. 무슨 판서 댁이라고 들었는데 집의 규모가 범상치 않았다. 그 기에 눌린 듯 사랑에 들어서면서도 태천은 그 양반의 얼굴 한 번 똑바로 쳐다보지 못했다. 양반은 부탁할 청이 있어 이리 부른 것이라며 이야기를 늘어놓았는데, 그 위엄 있는 양반의 청이라는 게 참으로 어이없는 것이었다.

사흘에 한 번씩 자기네 집에 들러 청상과부가 된 자신의 며느리에게 책을 읽어주라는 거였다. 그러고는 태천의 한 달 벌이 정도의 돈을 던져주는 것이었다. 태천이 마다할 이유도 없었고 마다할 처지도 아니었다.

며느리가 거하는 곳은 별채였다. 잘 가꾸어진 정원엔 배꽃이 가득했다. 꽃들이 꽃망울을 머금고 막 터트릴 준비를 하고 있었다. 여자 혼자 있기엔 너무 큰 곳이라는 생각이 들었지만 그들과 우리네의 사는 방식은 워낙 다르니 태천이 관여할 바는 아니었다. 태천은 그저 별채의 며느리에게 책만 읽어주면 될 일이었다. 그 댁 며느리에게 책을 읽어준 지

한 달이 지났을 때였다. 태천이 대감을 찾은 것이었다.

"대감, 송구하옵니다만 제가 하는 일이라는 게 듣는 사람들의 반응을 보아가며 추임새도 더 넣고 그래야 흥도 더 나는 것이온데, 마님께서는 웃음소리는커녕 기침 소리도 한 번 내지 않으시니 듣고는 계신 건지 저 혼자 벽을 보고 책을 읽고 있는 것은 아닌지, 책을 제대로 읽어드리기가 영 난감하옵니다요."

잠시 고민을 하던 판서 양반이 이윽고 태천에게 답을 주었다.

"내 며느리에게 일러 네가 책을 읽어줄 때 방문을 열라 하겠다. 그리하면 그 아이의 표정을 볼 수 있을 터. 그만 가보거라."

다음날, 태천이 별채로 가서 마루에 앉아 책을 펼치자 몸종들이 방문을 열어주었다. 태천은 이제야 제대로 읽을 수 있겠구나, 여인의 표정을 살피며 구성지게 책을 읽어보자, 그리 생각하면서도 막상 쉬이 고개가 들어지지 않았다. 결국 이야기를 다 읽고 나서야 태천은 겨우 용기를 내어 고개를 들어보았던 것인데, 처음으로 본 여인의 표정은 싸늘했다. 닫힌 창문을 바라보고 있는데 여인의 눈빛은 흠뻑 젖어 금방이라도 눈물이 떨어질 듯했다. 태천은 자신이 무리한 주문을 한 것은 아닌지 왠지 멋쩍어 입이 떨어지지 않았다.

꼭 돈이 아니라도 마음만 먹는다면 장안의 기생들을 맘껏 주무를 수 있는 태천이었지만 언감생심 꿈도 못 꿀 일이니 어디 대가 댁 규수를 직접 본 적이나 있었던가. 소복 차림에 장신구 하나 걸치지 않았지만 여인의 모습은 태천이 보았던 그 어떤 기생과도 비교할 수 없을 만큼 곱고 우아했다. 선녀가 있다면 저런 모습일 거라 생각하며 태천은 용기 내어 말을 건넸다.

"오늘 이야기는 좀 짧았습니다요. 다른 이야기를 하나 더 준비했는데 읽어 드리리까?"

"그만 두구려. 어째 다 사랑 얘기뿐이오."

"저 그게, 이런 이야기를 좋아하실 줄 알고…… 다음번엔 다른 얘기를 준비해보겠습니다요."

여인의 꼭 다문 입술에 태천은 더 이상 아무 말도 하지 못하고 물러나야 했다.

태천은 몸종 금순이의 안내를 받아 별채를 나왔다. 벌써 한 달째 여인에게 책을 읽어주었지만 태천은 여인에 대해 아는 게 없었다. 실은 그리 궁금하지도 않았었다. 얼굴을 보기 전까지는. 그런데 막상 여인의 얼굴을 보고 나니 태천의 머릿속은 온통 여인에 대한 궁금증으로 가득 찼다.

"마님께서는 언제부터 혼자이신 게냐?"

"말두 마우. 첫날밤도 못 치르셨다우. 혼자 된 지 올해로 벌써 다섯 해인가."

태천은 금순에게 여인에 대한 이런 저런 질문들을 퍼부어댔고, 모처럼 말거리가 생긴 금순은 오랜만에 말벗이라도 만난 듯 신이 나서 이야기를 멈추지 않았다.

*

정 판서와 홍 처사는 어릴 적 동무였다. 정 판서는 홍 처사의 딸 연화를 오래전부터 며느리로 점찍어두었는데, 하필이면 아들의 병이 깊었다. 동무에게는 미안한 일이었지만 연화를 탐내었던 정 판서는 후사라도 남기고 싶은 욕심에 자신의 아들이 병자임을 숨긴 채 결혼을 강행했다. 그런데 혼인한 지 한 달 만에 아들이 죽었으니 정 판서는 사돈이면서 동무인 홍 처사를 볼 면목이 없었다. 이런 저간의 사정이 작용한 것도 있겠지만, 정 판서는 연화를 딸처럼 귀하게 여겼다고 한다. 처소도 안채가 아닌 별채에서 딸과 함께 머물게 했는데, 시누이와 올케의 사이도 좋아 마치 자매처럼 지냈다고 한다.

"그런데 왜 이 댁 따님은 왜 보이지 않느냐?"

"두 달 전에 시집가셨다우. 우리 작은 마님이 청상과부라고 해도 원래 저렇게 조용한 분이 아니셨다우. 시아버님이 귀히 여겨주시지 시누이는 동생처럼 잘 따르고 하니 그런대로 잘 지내셨는데 아씨가 시집가기 전에 그만 사건이 벌어졌지 뭐유. 그 사건 이후로 저리 입을 꾹 다무시게 된 거라우."

연화는 시누이인 난영을 친동생처럼 아꼈다. 하지만 그것이 화근이었다. 연화는 난영이 자신과 같은 혼사를 하면 어쩌나 염려하는 마음으로 난영과 함께 어른들 몰래 난영의 신랑감을 엿보고 온 것이었다. 이를 알게 된 안방마님은 노발대발하였다. 사대부가의 아녀자가 해서는 안 될 일을 한 것이니 야단을 맞는 일은 당연한 일이었다. 연화도 모르는 바가 아니었다. 그러니 시어머니가 화를 냈다고 해서 연화가 마음의 문을 닫은 것은 아니었다. 문제는 시어머니가 야단을 칠 때 했던 한마디 말, "네 시아버님이 어떤 분이시더냐. 신랑감의 건강이나 성품도 안 알아보셨을까 봐 네가 지금 설치고 다니는 거냐. 네 시아버님이 혹 너희 아버님처럼 딸 혼사에 그리 무심한 양반일 듯싶으냐?" 그 말이 화근이었다.

"제 아무리 딸처럼 귀하게 여기신다 해도 딸은 딸이고 며느리는 며느리라우. 그게 인지상정이란 건 우리네 같은 천한 것들도 다 아는 사실인데, 우리 작은 마님께선 그때서야 새삼 깨닫고는 저리 마음에 상처를 받은 것이라우. 예전엔 판서 어르신께 들어오는 온갖 귀한 패물들은 모두 작은 마님께 주셨는데 수절하는 과부에게 패물이 다 무슨 소용이라우. 그러니 작은 마님 손을 거치는 건 사실 형식적인 거였고 결국에는 다 난영 아씨 차지 아니었겠우. 듣기로는 정 판서 어르신보다 홍 처사님께서 학문이 더 깊으신데 워낙 벼슬에는 뜻이 없으셔서 과거시험을 대신 봐주셨다는 말도 있다우. 정 판서 대감이 우리 작은 마님께 잘해주시는 것도 사실은 그런 약점이 있으시기 때문이란 말도 있구. 에구머니나, 내가 별 말을 다하네. 이건 그저 소문일 뿐이니까 그짝은 못 들은 걸로 하시우. 이런 말이 마님께 들어가면 나는 그날로 죽은 목숨이우."

태천은 집에 돌아와서도 연화에 대한 생각을 쉽게 떨쳐버릴 수가 없었다. 그 좋아하는 술도 계집도 다 귀찮았다. 어떻게 하면 그 여인에게 웃음을 되찾아줄 수 있을까. 어떤 이야기에 그 여인은 흥미로워하며 관심을 가질까. 머릿속에는 온통 그런 생각만 가득했으니 쉬이 잠들지 못하는 밤이었다.

*

소리를 내지는 않지만 엷은 미소를 머금기도 하고, 무언가 생각에 잠기는 듯도 하였으며, 회한 가득한 표정을 짓기도 하였다. 무슨 여인네가 영웅담을 좋아하느냐고 농담 섞인 타박을 해보고 싶었지만 어느 안전이라 농을 건네겠는가. 태천은 연화의 얼음장 같던 얼굴에 표정이라는 게 있다는 걸 확인한 것만으로 '이만하면 성공이다' 하며 스스로를 위안하였다.

　날이 지날수록 태천은 연화가 좋아할 만한 이야기를 찾아 새로 나온 이야기가 없는지 세책(貰冊)간 드나들기를 예전 기생집 드나들 듯하였다. 그러면서 그저 연화의 표정이 다양해지는 것을 보며 자신의 노력에 보람을 느꼈다.

　그러던 어느 날이었는데, 태천은 그날따라 뭐라도 씌었는지 저잣거리에서 하던 것처럼 장난기가 동한 것이었다. 이야기의 절정 부근에서 책 읽기를 멈췄을 때 연화의 표정이 어떨지 궁금해졌던 것이다.

　멈출까 말까 책을 읽으면서도 계속 고민하던 태천은 마침내 결심한 듯 책읽기를 멈추었다. 그러고는 침을 한 번 꼴깍 삼키곤 연화의 눈치를 살폈다. 연화는 별 반응이 없었다. 짧은 침묵이었지만 태천에겐 몹시 길게 느껴졌다. 그 짧은 침묵의 시간을 못 참은 건 오히려 태천이었다.

　"다음 이야기가 궁금하지 않으십니까?"

　"궁금하오."

　"그런데 왜 가만히 계시는 건지요?"

　"그럼 내가 어찌해야 하는 것이요?"

　"저잣거리에 모인 사람들은 빨리 읽으라고 성화를 하며 엽전을 던지곤 합죠."

　연화는 그제야 태천의 의도를 알아차린 듯 얼굴에 엷은 미소를 띠우고는 옆에 있는 반닫이에서 은비녀 하나를 내어놓는 것이었다.

　"내 돈은 가진 것이 없고, 시아버님 말씀이 청나라에서 온 것이라 하오. 내다 팔면 저잣거리에서 받는 엽전을 모은 것보다는 훨씬 많을 것이오."

태천은 약간 심기가 상했다.

"마님께 책을 읽어드리는 값은 이 댁 어르신께 충분히 받고 있습니다요. 그저 다음 이야기가 궁금하다는 성화를 듣고 싶었습지요. 마님께서는 어찌 그리 작은 욕망도 표현을 하지 않고 사십니까요. 우리 천한 것들도 그리 살지는 않습지요. 쉰네 오늘은 여기까지만 하겠습니다요."

태천은 힘없이 일어나 책을 주섬주섬 챙겨 별채를 나왔다. 그러는 동안, 태천이 연화의 얼굴을 한 번도 쳐다보지 않은 건 연화로선 참으로 다행한 일이었다. 연화의 눈엔 눈물이 가득 고였다가 태천이 방을 나서자마자 볼을 타고 하염없이 흘러내리기 시작했다. 한 번 시작된 눈물은 쉬이 그칠 줄 몰랐다. 욕망을 표현한다는 게 도대체 무어란 말인가. 날 때부터 그런 건 보지도 듣지도 못하고 자란 몸이었다. 그래서 자신의 욕망이 무엇인지도 모른 채로 살아왔다. 내게 그런 것이 가능하기나 한 것인지도 알 수 없었다.

*

태천은 오랜만에 술 생각이 났다. 주모가 예의 엉덩이를 흔들며 살갑게 태천을 맞는다. 주모가 이리 반가워하는 것은 비단 단골이라서만은 아니란 걸 태천이 모르는 바는 아니었다. 하지만 태천은 좀체 동하지 않는 표정이었다. 마음만 먹으면 장안에 잘 나간다는 어린 기생들도 모두 후릴 수 있는 태천이었다. 저 나잇살에 저 얼굴로 웃음을 팔고 술을 파는 여편네가 감히 나를 마음에 품고 있다니, 태천은 아는 체하기도 민망했지만 술상을 들였다. 하필이면 오늘따라 이곳이 생각났다. 주모의 끈적거리는 눈빛만 무시한다면 그럭저럭 편히 한잔할 수 있는 곳이었고, 굳이 약속하지 않더라도 불알친구인 덕삼이와 만복이를 쉽게 만날 수 있는 곳이었다. 가는 날이 장날이라 했던가 오늘따라 그들이 보이지 않았다.

오랜만에 마시는 술이라 그런지 쉽게 취기가 돌았다. 게다가 말벗도 없으니 태천은 연거푸 들이켰다. 태천은 저도 모르게 쓰러져 잠이 들었다. 손님들의 술렁임도 주모의 달그락거리는 소리도 듣지 못했다. 얼마나 지났을까, 모든 소리가 사라지고 취중인지 몽중인지 따스하게 태천을 감싸는 손이 있었다. 연화라고 생각했다. 아니 정말 연화라면 그것은 꿈일 거라는 것을 알았지만 태천은 그 꿈에서 깨고 싶지 않았다. 태천은 새벽녘이 다 되어서야 잠에서 깨었다. 주모가 알몸으로 옆에 누워 있었다. 태천은 주모가 깨지 않도록 조심조심 옷을 걸치면서 잠든 주모를 지긋이 바라보았다. 태천의 입에서 깊은 한숨이 새어 나왔다. 허망함과 미안함이었다. 이 일을 어쩐다. 태천은 서둘러 주막을 빠져나왔다.

*

판서 댁으로 향하는 태천의 발걸음이 무거웠다. 태천은 연화를 마주하기가 괜스레 민망했다. 사내의 계집질이 자랑이면 자랑이었지 흉이 아닌 세상 아니던가. 그런데 태천은 대역죄인이라도 된 것처럼 자꾸만 오그라들고, 마치 외도를 하다가 부인에게 들키기라도 한 듯 연화의 눈치를 살피고 있었다. 마침내 용기를 낸 태천이 어렵게 연화의 얼굴을 보았는데, 웬일인지 연화가 자신보다 더 부끄러운 표정을 짓고 있는 게 아닌가. 그런 연화의 얼굴을 보자 태천은 마치 자신의 외도를 용서받기라도 한 듯 위로가 되었다.

태천은 안도의 숨을 내쉬며 지난번에 읽다 만 이야기를 다시 읽어내려 가기 시작했다. 하지만 연화는 태천의 이야기에 좀처럼 귀를 기울이는 것 같지 않았다. 중간 중간 연화는 뭔가 할 말이 있다는 표정을 짓기는 했지만 이내 표정을 거두곤 했다. 이야기를 읽어나가던 태천은 점점 힘이 빠졌다. 한 사람은 책을 읽는 듯 마는 듯, 한 사람은 이야기를 듣는 듯 마는 듯 그렇게 시간이 흐르고 마침내 지루한 이야기는 끝이 났다. 연화는 여느 때와 달리 좋다 나쁘다 일언반구 없었다. 대신 태천에게 종이 두루마리 하나를 꺼내 슬그머니 건네는 것이었다.

태천은 연화가 건네준 종이 두루마리를 들고 서둘러 집으로 왔다. 연화가 건네준 종이 안에 과연 어떤 내용이 있을지 너무 궁금하여 재빨리 발을 놀렸다. 집으로 들어오자마자 태천은 황급히 종이를 펼쳐 들었다.

"실은 제가 그 이야기의 뒤를 써보았습니다. 들려주신 이야기와 많이 다를 겁니다. 한번 보아주시겠습니까?"

언문으로 쓰인 글씨체 또한 연화를 닮은 듯 아름다웠다. 문장은 단아하면서도 명쾌했다. 하지만 슬펐다. 영웅들의 이야기를 좋아했던 연화가 쓴 것이 과연 맞는지 의심스럽기도 했다. 이야기 속의 여인은 사랑에 빠져 있었으며, 어미가 되고 싶어 했고, 천상 여인의 모습을 지니고 있었다. 그렇게 이어지던 이야기는 마침내 비극으로 끝이 났다. 이제껏 한 번도 보지 못했던 이야기였다. 이렇게 아름다운 여인을 왜 이렇게까지 비참한 죽음으로 몰아넣고 있는 건지 태천은 연화의 마음이 너무도 궁금하였다.

*

연화는 오랜만에 창문을 열어보았다. 마당에 배꽃이 소담스럽게 피어 있었다.

"오늘이 며칠이냐?"

찻잔을 들고 들어온 금순이에게 말을 건넸다.

"사월 열이틀이옵니다요."

금순은 요 며칠 연화가 하루에도 몇 번씩 날짜를 물어보는 것이 이상했지만, 연화의 얼음장처럼 차가웠던 얼굴에 다시 미소가 보이고 예전처럼 자신에게 가끔씩 말을 건네주는 게 좋았다.

연화는 태천을 기다리는 사흘이 그 어느 때보다 길게 느껴졌다. 과연 태천이 자기의 이야기에 대해 어떤 평을 할지 궁금하고 한편으론 조마조마했다. 중인의 신분이기에 그저 저잣거리에서 이야기책이나 읽어주는 한량으로 살고 있었을 테지만 연화의 눈에는 그리 보이지 않았다. 오래 겪은 것은 아니지만 지금까지 대해본 그는 학문에도 조예가 깊은 듯하였다. 그런 그의 평을 듣고 싶었다. 아니 그라면 그 이야기 속에 담긴 자신의 마음을 알아줄 것 같았다. 연화는 찻잔을 들고 마시기 전에 차의 향기를 맡아 보았다.

"지난번에 전기수가 혹시 이 찻잔에다 차를 마시고 갔더냐?"

금순은 당황스러운 표정을 지었다.

"아니옵니다. 작은 마님께 올리는 찻잔과 전기수 나으리가 쓰는 찻잔을 제가 어찌 혼동하겠습니까요."

"괘념치 말거라. 야단치려는 것이 아니다. 그냥 찻잔에서 그의 향기가 나는 듯하여 물어보았느니라."

연화의 말에 금순은 어찌 대꾸할지 몰라 그냥 연화의 방을 빠져 나왔다. 연화는 오래도록 찻잔의 온기를 느끼며 손에 들고 놓지 않았다.

드디어 태천이 오는 날이다. 연화의 들뜬 마음과 상관없이 아침부터 비가 내렸다. 봄비라고하기엔 조금은 억센 비다. 연화는 경대를 꺼내 조심스럽게 눈에 띄지 않을 만큼 분칠을 했다. 아주 조금이었지만, 그 약간의 분 냄새가 코를 찔렀다. 누구에게 들키지나 않을까 연화는 공연히 마음이 조심스러웠다. 시간이 참 더디게도 흘러갔다. 그러나 오후가 늦도록 웬일인지 태천은 나타나지 않았다.

그 시간까지 태천은 낮술을 하고 있었다. 비를 핑계 삼아 오랜만에 친구들을 꾀어내었다. 흘끗흘끗 던지는 주모의 눈웃음이 부담스럽기도 하였지만 그렇다고 일부러 다른 주막을 택할 것은 아니었다. 연화에게 갈 시간이라는 것을 모르는 것이 아니었다. 아무리 한량 같은 삶을 산다고 해도 자신에게 주어진 책임과 의무를 저버리진 않고 살아왔다. 받은 돈 때문이 아니더라도 언제부턴가 그 시간이 기다려지고 마음은 온통 연화에게 가 있던 태천이었지만, 오늘만큼은 태천의 발이 쉬이 떨어지지 않았다. 결국 발길을 돌려 이곳으로 와서는 친구들과 농지거리를 하며 연거푸 술을 들이붓고 있는 것이었다. 무슨 이야기에 웃고 있는지조차도 모르면서 말이다. 비는 점점 더 거세지고 있었다.

밤이 깊었다. 빗소리가 더욱 굵어져 세상의 모든 소리를 삼키는 듯하였다. 연화는 빗소리에 의지하여 크게 한숨을 내쉬고 있었다. 행여 누가 들을까 조심스럽게 내쉬는 한숨 소리에 대답이라도 하듯 인기척이 느껴졌다.

"밖에 누가 있느냐? 금순인 게냐?"

연화는 '설마?' 하며 나직이 입을 떼었다.

"나요."

빗소리에 묻혀 작게 들렸지만 분명 태천의 목소리였다. 연화는 드디어 자신이 정신이 나가 환청을 다 듣는구나 생각하였다.

"김태천이요."

정말 태천이 왔다는 말인가.

하루 종일 기다렸던 태천이었다. 그런데 막상 태천이 오자 연화는 반가움보다 누가 이 일을 알게 될까 걱정이 앞섰다. 황급히 문을 열어 빗속에 서 있는 태천을 안으로 들였다. 태천은 온몸이 흠뻑 젖어 물초가 되어 있었다. 연화는 저도 모르게 불을 끄고 수건을 꺼내어 태천에게 건네주었다. 태천은 어둠 속에서 젖은 머리와 얼굴 그리고 옷의 물기를 천천히 닦아내었다. 두 사람은 어둠에 기대어 서로를 애틋하게 바라보았다. 시간이 지나 어둠에 익숙해지니 태천은 연화의 눈빛을 읽을 수 있었다. 연화의 눈빛을 보니 용기가 생겼다.

"도망갑시다. 내 이 집에서처럼 호강은 못 시켜줘도 밥은 굶기지 않을 것이고, 사람 사는 재미를 알게 해줄 것이오. 사랑받는 여인의 기쁨이 무언지, 아이에게 젖을 물리는 어미의 마음이 어떤 것인지 알게 해줄 것이오."

연화는 태천이 말한 그것이 과연 자기가 바라던 일이 아닌지 혼란스러웠다. 심장은 터질 듯이 뛰는데 도무지 어찌해야 할지 말문이 막혔다. 태천이 연화에게 성큼 다가오자 태천에게서 술 냄새가 확 풍겼다.

"술을 드신 겝니까?"

태천은 무안하여 손으로 입을 가렸다.

"마시긴 했소만 술에 취해 이러는 것이 아니오. 진정이오."

태천은 연화의 눈동자를 보며 그녀가 흔들리고 있다는 것을 직감했다. 술의 힘을 빌렸던 것일까. 태천은 어디서 그런 용기가 났는지 자기도 모르게 연화를 덥석 안아버렸다. 놀랍게도 연화는 크게 저항하지 않았다. 얼마나 지났을까. 태천에게서 풍겼던 술 냄새는 잦아들고 연화는 낮에 찻잔을 들고 느꼈던 향내를 느끼고 있었다. 점점 더 진하게 태천의 향내가 연화를 감싸주었다. 따스했다. 포근했다. 마음이 아니 온몸이 녹는 듯하였다. 연화는 더 이상 피하고 싶지 않았다. 태천의 몸에서 전해지는 축축한 물기, 연화는 그것이 빗물인지 땀인지 무엇이든 상관없었다. 지금 연화는 태천에게서 느껴지는 사내를, 사내의 뜨거움을 그저 온몸으로 받아들이고 있었다.

태천이 잠시 잠이 든 사이, 연화는 마당에 나와 양팔을 벌리고 비를 맞았다. 누가 보든 상관없었다. 빗줄기가 거세게 옷을 적셨지만 그마저 따스하게 느껴졌다. 빗줄기 속에서 비를 맞으며 아니 아예 자신이 비가 되기라도 한듯 연화는 빙글빙글 돌아보았다. 다른 여인들은 이렇게 살고 있었구나, 이렇게 젖어도 되었구나, 연화는 세찬 비를 처음 보는 듯 마냥 즐거웠다. 빙글빙글 도는 연화의 발걸음이 마치 춤을 추는 것 같았다. 하지만 어쩔 것인가. 연화에게는 결코 허락되지 않는 삶이었으니 이제 돌이킬 수 없는 죄인의 신세가 되었다. 연화는 불현듯 자신의 처지를 깨달았다.

연화는 급히 방으로 들어와 그 동안 시아버님이 챙겨주었던 패물들을 모두 챙기기 시작했다. 그리고 조용히 태천을 깨웠다. 태천은 술이 깨는지 머리가 지끈거렸다.

"정말 그리하시겠습니까? 제게 사람 사는 재미를 알려주시겠습니까?"

연화가 앞에 앉아 있었다. 연화의 방에서 잠이 든 것이었다. 간밤에 자신이 한 짓을 떠올렸다. 술김에 용기를 더했을 뿐 결코 거짓은 아니었다. 하지만 연화가 당연히 거절할 거라 생각했다. 이렇게 빠른 화답은 기대하지 않았었다.

태천은 어리둥절하여 고개만 끄덕였다.

"이것들을 팔아 여비에 보태시지요."

연화는 패물들을 태천에게 건넸다. 태천은 다시 한 번 어리둥절했다. 이것을 받아야 하나 말아야 하나 망설여졌다. 이것들이 있다면 둘이 도망하기에 좀 더 수월할 것이었다. 그러나 여인의 패물들을 받는다는 건 사내로서 영 면이 안서는 일이었다. 태천은 그 동안 흥청망청 살았던 자신의 모습을 처음으로 후회했다. 태천이 머뭇거리는 표정을 짓자 그의 심중을 알아차린 듯 연화가 단호하게 말을 덧붙였다.

"괜찮습니다. 어차피 제게 있어봐야 아무 소용없는 것들입니다."

태천은 가능한 한 빨리 연화를 데리러 오겠다 약속을 하고 패물들을 챙겨 집을 나섰다. 연화는 다시 잠들지 못했다. 어쩌면 내게도 다른 삶이 기다리고 있을지도 모른다는 희망이 싹 트고 있었다. 아침이 되자 언제 그랬냐는 듯 비가 그치고 해가 떠올랐다. 창문을 열어보았다. 빗방울을 흠뻑 머금은 꽃들은 어제보다 훨씬 싱그럽게 활짝 피어 있었다.

*

태천은 덕삼과 만복을 다시 주막으로 불러들였다. 주모는 연이틀 찾아오는 태천이 반가워 눈웃음을 흘렸지만 태천은 본체만체하며 마루가 아닌 방을 내놓으라 했다. 태천은 패물을 처리하는 것과 이곳에서 되도록 먼 지방에 집을 얻는 문제를 해결하기 위해 믿을 수 있는 불알 친구 덕삼과 만복을 부른 것이었다. 덕삼은 장물아비를 통해 패물을 처리해주기로 하였고, 집은 만복의 먼 친척 되는 이가 산다는 달성의 산골로 가기로 했다. 산골에 숨는다면 누구의 눈에 띄지 않고 둘이 오붓하게 살아갈 수 있을 것이다. 일은 그렇게 술술 진행되고 있었다. 기다리고 있을 연화를 생각하면 잠시도 지체할 수 없는 일이었다.

연화에게는 일이 무사히 진행되고 있음을 알려주어야 할 것 같았다. 밤이 되기를 기다리다가 깜박 잠이 들었던 태천은 섬뜩한 느낌에 잠이 깨었다. 자객이 든 것이었다. 자객은 재물보다는 태천의 목숨을 노리는 듯하였다. 저잣거리 한량으로 살다보니 제법 익힌 격투 실력이었지만 맨몸으로 자객의 칼을 당해내기에는 역부족이었다. 한창의 격투 끝에 한쪽 팔을 베인 태천은 겨우 도망해 목숨을 부지할 수 있었다.

그날, 덕삼의 도움으로 산으로 몸을 피한 태천은 피를 너무 많이 흘려서 생사의 고비를 몇 번이고 넘어야 했다. 다행히 덕삼이 데리고 온 의원 덕분에 죽을 고비를 어렵게 넘겼고 겨우 몸을 추스렸다. 그러는 동안 어느새 한 달 여의 시간이 훌쩍 흘렀다.
태천은 다행히 몸을 추스르긴 했지만 연화에게 갈 용기가 나지 않았다. 연화가 아직도 자신을 기다리고 있을지 확신이 서지 않았고, 무엇보다 한쪽 팔을 잃은 자신을 그날처럼 다시는 뜨겁게 안아주지 않을 것 같았다. 도무지 자신이 서질 않았다. 하지만 이대로 끝낼 수는 없었다. 몇날 며칠을 더 망설인 끝에 결심을 한 태천은 그믐달을 기다려 산을 내려와 마을에 들어섰다. 제일 먼저 찾아간 곳은 물론 정 판서 댁이었다. 멀찌감치 숨어서 그 집을 살폈는데, 뜻밖에도 집 앞에 낯선 열녀문이 세워져 있는 것이 아닌가.

그 길로 발을 옮긴 태천은 주막을 찾았다. 주모는 오랜만에 만난 태천을 보고도 반가워하지도 않았고, 한쪽 팔이 사라진 것을 보고도 전혀 놀라지 않는 눈치였다. 태천은 저 주모조차 나를 이리 대하는데 연화는 오죽할까 싶었다. 연화가 이제 다시는 자신을 받아주지 않을 것이라 생각하니 태천은 자신의 처지가 더욱 서럽게 느껴졌다.

술상을 내오고 잠시 자리를 비우나 싶던 주모가 잔 두 개를 가지고 와 태천 앞에 떡하니 앉더니 자신이 먼저 한 잔을 들이켜는 것이었다.

"나으리에겐 미안한 일이지만 내가 일렀다우."

태천이 연화와 함께 야반도주를 계획하고 있다는 것을 엿들은 주모는 정 판서 댁 안방마님을 찾아가 이 사실을 알렸다. 그 덕에 정 판서는 쓸데없이 전기수 같은 작자를 불러들여 가문에 먹칠을 하게 되었다고 부인으로부터 온갖 질책을 들어야 했다. 아니 마누라의 잔소리 때문만은 아니었다. 정 판서가 비록 연화를 아끼는 마음이 거짓인 것은 아니었지만 두 사람의 일을 그냥 두고만 볼 수는 없는 일이었다. 정 판서는 수소문을 해서 자객을 샀다. 돈이 얼마가 들든 문제가 아니었다. 전기수를 당장 죽여라.

태천에게 자객이 들었던 날, 태천은 분명 어디서 일이 잘못되었다고 생각하였지만 설마 그것이 주모 때문 일거라고는 전혀 생각하지 못했다. 태천에게 이 주막은 그저 힘들고 지칠 때 쉬어가는 쉼터일 뿐있다.

주모는 술상이나 내어주는 그런 존재일 뿐이었다. 게다가 주모는 하룻밤이었다지만 만리장성도 쌓지 않았던가. 그가 무언가 일을 꾸며 나의 일을 방해할 수도 있다는 건, 자객을 보내는 일에 관련이 되었으리라는 건 그야말로 상상 밖의 일이었다.

태천은 분노보다 오히려 놀랍고 그저 어처구니없을 뿐이었다. 주모는 태천의 일그러진 표정에는 아랑곳하지 않고 당당하게 술을 따르더니 또 한 잔을 벌컥 들이켰다.

"그렇다면 정 판서 댁 앞에 열녀문은 어찌 된 것이냐?"

"그 댁 안방마님이 다시 저를 부릅디다."

남편이 자객을 시켜 태천을 죽이는 데 실패했다는 것을 알게 된 정 판서 부인은 주모를 불렀고, 태천이 연화의 패물을 가지고 도망하였다고 연화에게 거짓을 말하라 지시를 했던 것이었다. 그런 일이 있고 며칠이 지나지 않아 연화는 자결을 했고 정 판서 댁 앞에 저리 떡하니 열녀문이 세워졌다는 것이었다.

"이런 쌍년!"

태천은 그제야 분노에 떨며 주모의 목을 졸랐다. 태천이 분노에 찬 눈길로 쏘아보며 손아귀에 힘을 더 주어 목을 조르는데도 주모는 태연한 표정이었다. 아무런 저항도 하지 않았다. 너무나도 태연한 주모의 표정을 보니 태천이 오히려 맥이 풀렸다. 태천에게서 놓여난 주모는 기침을 몇 번 하더니 자세를 바로 하고 앉았다.

"나으리가 도망하였다는 내 말을 듣고는 손을 바들바들 떨면서도 애써 표정을 감추더이다. 바들바들 떠는 손을 보고는 내 어쩌나 통쾌하든지."

태천은 다시 분노가 치밀었다. 태천은 술병을 들어 주모의 머리를 내리치려다가 차마 못 하고 대신 주둥이를 제 입으로 가져대더니 병째로 벌컥벌컥 술을 들이켰다.

"그래요. 내가 죄인이유. 하지만 그렇게 죽을 줄은 정말이지 상상도 못 했다우. 이제 와 소용없는 말이지만, 참 곱습디다. 여자인 내가 봐도 반할 만큼 참 곱습디다. 그런데 나으리, 그거 아슈? 그렇게 곱고 아름다운 여인만 외로움을 알고 사랑받고 싶은 건 아니라우. 곱든 밉든 여자란, 사람이란 다 같은 마음이라우."

*

비는 멈추었지만 날이 어두워지니 한여름인데도 한기가 느껴졌다. 그동안 몇 동이의 술을 비웠는지 모르겠다.

"내 팔자에도 없는 과한 욕심을 부려 한 여인을 죽게 만들었소."

"이미 돌이킬 수 없는 일, 후회는 해서 뭐하겠소. 단 하루라도 행복하게 살다 갔으니 다행이라고 여깁시다."

"내 어서 따라가서 오해를 풀어주어야 하는데, 날 얼마나 원망하고 있을는지."

태천은 다시 한 잔을 들이켰다.

"어찌 그 여인을 마주할지 막막하오. 저승에서 꼭 만난다는 보장도 없고. 그래서 그녀와 내가 함께 살기로 했던 이곳에 와서 그 여인에게 읽어주었던 책을 다시 읽었던 거지요. 내 방식으로 그녀의 영혼을 달래려 했던 것이고 이제 다 되었으니 나도 따라가야겠지요."

"먹고사는 게 전부인 우리 같은 시골 사람들에게 요즘 얼마나 큰 즐거움을 주고 있는지 아시오. 나으리 말처럼 저승에서 꼭 만난다는 보장도 없지 않수."

진심을 다해 태천을 붙잡고 싶었지만 그의 마음을 돌리기엔 역부족일 듯하였다.

태천은 일어서려다가 술기운이 도는지 비틀거렸다. 부축하려 했지만 태천은 손을 내저으며 거절하였다.

"내 한 팔로 사는 게 아직 익숙지 않아 그렇지 술이 취한 건 아니라우. 이거야 원 소피 보기도 영 불편하단 말야."

태천이 비틀거리며 뒷간으로 향했다. 따라갈까 말까 잠시 망설이다가 그만두었다. 한참이 지나도록 그는 돌아오지 않았다.

다음 장날에 그를 다시 만날 수 있을까. 알 수 없는 일이었다. 하지만 다시 만나지 못한다 하더라도 너무 실망하지 않기로 했다.

어떤 사랑의 종말을 위한 협주곡

김도연(소설가)

인간이 발명한 최악의 상품은 아마도 이성간의 사랑일 것이다.

나무들이 잎을 모두 떨어뜨리고 모양 그대로 11월이 되어가는 계절에 심현서의 소설집 『사랑한다는 착각, 이별의 알리바이』를 읽은 첫 소감이 바로 이것이었다. 그럼에도 인간들은 그 잎 하나 없는 나무들을 향해 청맹과니처럼 다가간다. 꿈처럼 짧은 단풍의 환영을 잡으려는 듯이. 누가 말려도 소용이 없다. 넘어진 자리에서 또 넘어지더라도 사랑이라는 것을 향한 걸음을 멈추지 않는다. 어느 지나간 드라마의 제목처럼 도대체 사랑이 무엇이기에 이 오래된 감옥에서 벗어나지 못하는 것일까.

소설가 심현서가 이 소설집 속으로 초대한 사람들을 천천히 들여다 보자.

「사랑한다는 착각」의 나는 미혼모다. 헤어진 애인은 교통사고로 죽었고 나는 가족의 반대에도 무릅쓰고 임신한 아이를 낳아서 키운다. 나는 차마 그 사실(헤어진 애인이 교통사고로 죽은 일, 즉 미혼모라는 사실)을 주위에 알리지는 못한다. 같은 교회 성가대원인 영은의 사랑 이야기는 그보다 더 드라마틱하다. 오빠 동생 사이로 지내자는 잘 생긴 남자, 운동선수였다가 사고로 장애인이 된 남자가 차례로 등장했다가 사라지고 마침내 오래전부터 영은을 짝사랑했던 남자가 나타난다. 그는 영은이 중병을 앓고 있음에도 결혼식을 올렸고 얼마 지나지 않아 영은은 운명을 달리한다. 나는 더 이상 교회에 나가지 않겠다는 결심을 하면서 이야기는 끝을 맺는다. 그런데 이 소설에서의 나는 아직 새로운 사랑으로 나아가지는 않고 있는데 까닭은 대략 이렇다.

"그와 헤어지고 하루도 그를 잊고 지낸 날은 없었다. 그에 대한 원망과 그리움이 복잡하게 얽혀 감정은 어떤 결론도 내리지 못하고 있었다. 이미 남이 된 사람이라고 생각하고 있었지만, 그가 죽었다는 소식을 들었을 땐 그와 헤어질 때보다 더 큰 슬픔이 몰려왔다."(16p)

물론 자라나는 아이도 또 다른 사랑으로 향하는 걸음을 잡는 데 한몫 거든다.

「사랑할 수 없는」의 첫 번째 이야기 〈불편한 연애〉에는 나(두 아이가 있고 시어머니와 동거하는)와 재환(아이들을 키워주는 친모와 함께 사는 이혼남)이 등장한다. 나의 남편 역시 교통사고로 사망했다. 어느 날나는 대학생 딸에게 "엄마도 이젠 연애도 좀 해. 엄마의 인생을 살아야지." 이런 이야기를 듣게 된다.

"가장으로서 아등바등 달려온 십여 년. 엄마의 삶이 어린 딸의 눈에도 애처롭게 보였나 보다. 맞다. 난 여자였지. 잊고 살아왔다. 어느 덧 딸이 자라 엄마의 삶을 안쓰럽게 여기다니 그래도 난 잘 살고 있었구나. 내 살아온 삶이 보상받는 기분이었다. 하지만 그런 기분도 잠깐, 방에서 나온 시어머니가 버럭 아이에게 고함을 지르는 것이었다. 엄마에게 못 하는 소리가 없다며 아이를 향해 퍼부어대는 시어머니의 일장 훈계는 차라리 독설에 가까웠다. 잘못한 것도 없이 할머니에게 봉변을 당한 딸아이는 끝내 울음을 터뜨렸다."(39p)

나와 직장동료인 재환의 사랑은 이렇게 시작되었다. 하지만 시어머니도 모자라 시누이까지 등장하는, 날카로운 잔가지가 많은 이 사랑 역시 쉽지가 않다. 주말을 이용해 처음으로 강릉까지 달려갔지만 결국 하룻밤 머물지도 못한 채 되돌아오고 만다. 잔가지가 많은 건 재환의 집안 역시 다르지 않았기 때문이다.

"재환은 초등학생인 두 아들과 어머니와 함께 살고 있었다. 어머니가 아이들의 양육을 맡아주고 계시니 늘 눈치가 보인다고 했다. 재환이 퇴근하자마자 초등학생 두 아들이 하루 동안 어떤 말썽을 부렸는지로 시작되는 어머니의 이야기는 재환이 저녁밥을 다 먹을 때까지 이어진다고 했다. 어머니의 하소연을 단축시키려면 저녁을 조금이라도 빨리 먹을 수밖에 없었고 그러다 보니 늘 속이 불편해 어느 순간부턴 아예 밖에서 저녁을 먹고 퇴근한다고 했다."(42p)

그렇다고 두 남녀가 모처럼의 여행을 포기하고 돌아온 것은 많이 아쉽다. 그게 나와 재환의 보이지 않는 운명이라 하더라도…….

이 소설의 두 번째 이야기 〈남편이 살아 있다〉에선 잠시 사랑을 떠나 죽은 남편의 친구들 이야기로 확대되는데 발문의 울타리를 벗어나기에 다음 사랑의 이야기로 넘어간다. 참고로 소설가 심현서의 전직은 시나리오를 쓰는 일이었다고 한다. 나로선 그의 시나리오적 상상력을 쫓아갈 능력이 없다. 이 부분은 다른 전문가의 심미안에 맡기겠다.

다음 이야기의 무대는 장례식장이다. 제목은 〈이별의 알리바이〉다. 전날의 술자리 때문에 엄마의 장례식장에 늦게 도착한 나는 그곳에서 아버지의 장례식을 치르고 있는 중학교 동창 소라를 만난다. 소라와 나는 중학교 시절 반장과 부반장 관계였다. 장례식장이란 곳이 으레 그렇듯 그동안 모두를 힘들게 했던 자잘한 가족사들이 불쑥불쑥 튀어나온다. 게다가 달갑지 않은 동창까지 이웃 장례식장에 들어와 있다. 여기서 나는 아직 미혼인 상태다. 그런데 여러 조문객들 중 직장을 대표해서 찾아온 김 대리가 이 이야기를 묘한 지점으로 끌어당긴다. 김 대리는 누구인가?

"엄마가 있었지만 엄마 품에 안길 수 없고, 고향은 있지만 고향집은 사라졌고, 직장에 다니고 있지만 영원한 비정규직이었다. 그래서였다. 동거라는 것이 여자에게 손해라는 것을 분명히 알면서도 난 결혼식을 하는 것보다 일단 같이 살아보자고 했다."(94p)

그렇다. 김 대리는 나의 애인이었던 것이다.

"우리는 헤어지고도 계속 한 직장에 머물며 같이 밥을 먹고 술을 마시고 이렇게 경조사에도 참석한다. 물론 우리 사이엔 무언의 규칙 같은 게 있었다. 다른 동료들과 회식을 하는 자리는 함께하지만 절대 단둘이는 만나지 않는 것. 절대 사적인 감정을 드러내지 않는 것. 회사에선 우리가 만난 것을 몰랐으니 당연히 헤어진 것도 몰랐다. 숨 막혔던 연애의 끝은 여전히 숨이 막혔다."(95p)

그러나 이미 헤어졌고 김 대리는 다른 사람과 결혼까지 한 상태다.

나는 장례식장에 앉아 가족사와 친구관계, 지나간 사랑의 흔적까지 모두 한꺼번에 상영되는 이 모든 화면을 담담하게 시청하고 있다. 이것은 컬트영화일까, 그냥 인생일까? 나의 저 담담함은 대체 어떻게 피어난 꽃일까?

"이렇게 사는 게 불편하지 않느냐고? 전 남자친구의 결혼식을 지켜보는 마음은 어떤 거냐고? 반 지하에 사는 사람에게 불편하지 않으냐고 묻는다면 뭐라고 할까? 설마 좋아서 살겠냐고 형편이 이것밖에 안 되니 어쩔 수 없이 사는 거라고 하지 않겠는가. 이건 내가 선택할 수 있는 문제가 아니었다. 내가 머무는 곳이 불편하다는 생각은 나를 더 불행하게 할 뿐이니 그냥 받아들이고 있는 것이다."(95p)

자, 이제 나는 무엇을 해야 할까. 장례식에서 돌아온 우리는 무엇을 해야 할까. 형제와, 엄마와, 친구와, 한때의 동거남과 이별한 당신은 무엇을 준비할까. 아주 긴 잠을 자고난 뒤 나는 옥탑방에서 뜨는 해를 처음 바라보면서 남아 있던 마지막 목줄을 이렇게 벗겨낸다.

"방으로 돌아와 사직서를 쓰고 몬테비데오행 비행기 표를 검색했다. 웬만해선 돌아올 엄두를 내지 못할 먼 곳으로 가고 싶어졌다. 사표가 수리되고 집이 정리되는 대로 티켓을 끊을 생각이다. 퇴근 시간 즈음에 김 대리에게 전화를 걸었다. 제대로 작별 인사를 해야겠다."(98p)

아, 작별 인사를 제대로 하지 않았구나…….

소설가 심현서는 이제 이 모든 사랑을 아주 먼 곳으로 떠나보낼 준비를 하고 있다. 하지만 그곳 역시 사랑의 유토피아는 아니다. 사랑의 유토피아는 없다. 대신 사랑이 피어나는 어떤 원형의 자리를 보여주려는 것 같다. 옛날 옛적에, 그러니까 지금처럼 소설책이 흔하지도 않았던 시절, 사랑의 이야기를 듣고 싶어 목말라 했던 사람들과 그 이야기가 성에 차지 않아 직접 창작을 시도하기도 했던 시절 속으로 우리들을 데려가려는 것이다. 이름하여 「전기수의 사랑」인데 이 비극적인 이야기 속에 연화라는 청상과부와 이야기꾼인 태천이 있다. 그리고 주모의 한탄이 피어난다.

전기수(傳奇叟)란 간단하게 말해 새로운 소설이 늘어나고 소설의 인기도 덩달아 올라가던 조선 후기에 대중이나 개인 앞에서 소설을 읽어주고 일정한 보수를 받던 직업적인 낭독가다. 심현서는 소설에 등장하는 전기수를 이렇게 설명한다.

"한양에서 사람들이 많이 모이는 곳엔 늘 김태천이 있었고 그의 인기는 하루하루 더해가고 있었다. 태천은 인기만큼 많은 돈을 벌었지만 버는 족족 밤마다 기생집으로 주막으로 주유하며 주색에 탕진하는 것이었으니 나이 서른을 훌쩍 넘기고도 집은커녕 아직 장가도 못 들었다. 하기야 태천은 장가드는 일 따위엔 애초부터 관심이 없었다. 과거 한 번 보지 못하는 놈의 씨는 남겨서 무얼 하나. 아쉬울 것도 없다. 이렇게 한 평생 살다 가면 그만이지."(106p)

다시 말해 전기수는 소설의 창작자가 아니고 다른 사람의 소설을 읽어주는 사람이다. 그렇다보니 허우대가 헌칠해야겠고 목소리도 좋아야 하며 이야기를 잘 전달할 줄 알아야 인기가 있을 건 예나 지금이나 다르지 않을 것이다. 예나 지금이나 아무래도 소설의 독자는 여자들이 더 많은 것도 당연지사일 테고. 전기수는 청중들이 있는 곳을 찾아다녀야 하는 직업이다 보니 아마 장돌뱅이처럼 전국을 떠돌아다니는 동가식서가숙의 삶이었을 것이다. 본인이 이야기를 좋아하지 않는다면 쉽게 선택할 수 없는 직업임이 분명하다. '이야기를 좋아하면 가난하게 산다'는 속담이 왜 등장했겠는가. 그러나 이야기의 마력, 그중에서도 특히 사랑 이야기의 마력은 쉽게 내칠 수가 없으니……

하여튼 우리의 이야기꾼 김태천은 어느 날 한 양반으로부터 제의를 받게 된다. 사흘에 한 번 자기 집에 들러 청상과부가 된 며느리에게 책을 읽어주는 게 그것이다. 아름다운 며느리 연화는 결혼한 지 한 달 만에 남편이 병사한 처지다. 처음엔 태천은 연화와 독대하지 못하고 건넌방에서 책을 읽어주었는데 상대의 반응을 볼 수 없으니 답답하기 이를 데 없었다. 결국 태천은 한 달 뒤 양반에게 청을 넣는다.

"대감, 송구하옵니다만 제가 하는 일이라는 게 듣는 사람들의 반응을 보아가며 추임새도 더 넣고 그래야 흥도 더 나는 것이온데, 마님께서는 웃음소리는커녕 기침 소리도 한 번 내지 않으시니 듣고는 계신 건지 저 혼자 벽을 보고 책을 읽고 있는 것은 아닌지, 책을 제대로 읽어드리기가 영 난감하옵니다요."(107p)

하지만 연화의 앞에서 책을 읽어도 쉽게 싸늘한 표정이 변하지 않자 태천은 궁리 끝에 맞춤형 이야기를 찾게 된다. 그 이야기는 바로 영웅담이다. 그러자 연화의 얼굴에 비로소 표정이 나타나고 기다렸다는 듯 태천은 낭독의 비기 중 하나인 요전법(邀錢法)을 구사한다. 요전법은 이야기의 절정에서 낭독을 중단하는 방법인데 다음 이야기가 궁금한 청중들은 전기수에게 돈을 던질 수밖에 없다. 사정을 알게 된 연화는 은비녀를 건네는데 태천은 이렇게 말한다.

"마님께 책을 읽어드리는 값은 이 댁 어르신께 충분히 받고 있습니다요. 그저 다음 이야기가 궁금하다는 성화를 듣고 싶었습지요. 마님께서는 어찌 그리 작은 욕망도 표현을 하지 않고 사십니까요. 우리 천한 것들도 그리 살지는 않습지요. 쇤네 오늘은 여기까지만 하겠습니다요."(112p)

태천이 떠나자 연화는 비로소 눈물을 흘린다. 소설 「전기수의 사랑」은 이 지점에서부터 흥미를 더하기 시작한다. 그날 단골 주막에서 술에 만취한 태천은 원하지도 않았던 주모와 하룻밤 사랑을 나누게 된다. 후회막심이겠지만 돌이킬 수는 없는 일이다.

사흘 뒤 다시 찾아간 태천에게 연화는 종이 두루마리를 건네는데 그 내용은 지난번에 중단된 이야기의 뒤를 이어 연화가 새롭게 창작한, 사랑에 빠진 여인의 이야기다.

"언문으로 쓰인 글씨체 또한 연화를 닮은 듯 아름다웠다. 문장은 단아하면서도 명쾌했다. 하지만 슬펐다. 영웅들의 이야기를 좋아했던 연화가 쓴 것이 과연 맞는지 의심스럽기도 했다. 이야기 속의 여인은 사랑에 빠져 있으며, 어미가 되고 싶어 했고, 천상 여인의 모습을 지니고 있었다. 그렇게 이어지던 이야기는 마침내 비극으로 끝이 났다. 이제껏 한 번도 보지 못했던 이야기였다. 이렇게 아름다운 여인을 왜 이렇게까지 비참한 죽음으로 몰아넣고 있는 건지 태천은 연화의 마음이 너무도 궁금하였다."(114p)

이렇게 두 사람은 이야기를 들려주고 이야기를 듣는 관계에서 벗어나 사랑의 관계로 빠져든다. 태천은 연화에게 함께 도망가자는 제안을 하고 연화는 패물을 건네준다. 준비가 되면 곧 데리러 오겠다는 약속을 남기고. 주막으로 돌아가 모의를 하던 태천은 야밤에 목숨을 노리는 자객에게 한쪽 팔을 베인 채 도주를 하게 된다. 그러나 결국 한쪽 팔을 잃게 된다. 한 달 가량의 시간이 흐르고 우여곡절 끝에 연화의 집을 찾아간 외팔이 전기수 태천은 대문 앞에 세워진 열녀문을 보게 된다. 열녀문이라니! 주막으로 찾아간 태천은 주모로부터 예상조차 못 했던 고백을 듣게 된다. 이 모든 사단의 고발인이 바로 주모였던 것이다. 두 사람을 질투한 주모의 고발로 연화의 아버지는 자객을 고용해 태천을 죽이려 했다. 거기에 더해 주모는 연화에게 찾아가 태천이 연화가 준 패물을 가지고 도망쳤다는 거짓말을 했던 것이다. 충격을 이기지 못한 연화는 며칠 뒤 자살을 했고 열녀문은 그렇게 세워졌다.

태천의 분노가 살의로까지 번져갈 때 주모는 마지막으로 전기수 태천에게 이렇게 말한다.

"그래요. 내가 죄인이유. 하지만 그렇게 죽을 줄은 정말이지 상상도 못 했다우. 이제 와 소용없는 말이지만, 참 곱습디다. 여자인 내가 봐도 반할 만큼 참 곱습디다. 그런데 나으리, 그거 아슈? 그렇게 곱고 아름다운 여인만 외로움을 알고 사랑받고 싶은 건 아니라우. 곱든 밉든 여자란, 사람이란 다 같은 마음이라우."(123p)

주모의 이 뒤늦은 고백은 슬프기 그지없다.

사랑이란 게 대체 무엇일까? A는 B를 바라보고 B는 C를 바라보지만 C는 A를 바라보는 순환을 멈추지 않는 것 같다. 그런데…… 그럼에도 불구하고 여기쯤 와서 나는 이 발문의 첫 문장을 이렇게 바꾸고 싶다. 인간이 발명한 최고의 상품은 아마도 이성 간의 사랑일 것이다, 라고. 이유를 캐묻는다면 저 주모의 슬픈 고백에서 연유했다고밖에 달리 설명할 방법이 없다. 소설가 심현서도 저 주모의 마음을 모르지 않았을 것이다. 어쩌면 심현서는 다른 누구도 아닌 저 주모의 자리에서 피어난 사랑의 꽃이 흐르고 흘러 지금 여기 가난한 우리들의 사랑까지 도착했다고 이 일련의 소설들을 통해 말하려는 것은 아닐까. 그랬으면 좋겠다. 그런데…… 그렇다면 이 발문의 제목을 또 어떻게 고쳐야 될까.
사랑 이야기를 전달하는 전기수의 고민은 점점 깊어진다. 🔲

작가의 말

　몇 해 전, 지인의 비참한 죽음을 본 후 타인의 죽음에 대해 냉담해졌다. 그런데 그 후로 삶과 죽음에 대한 생각을 끊임없이 하게 됐다. 그래서였을까. 이야기마다 죽음을 먼저 떠올렸다.

　가족이 아닌 타인들은 별로 관심이 없는 억울한 죽음, 모두를 슬프게 만드는 갑작스런 죽음, 죽음을 향해가는 지루한 삶의 끝에서 맞이하는 죽음, 오해가 만든 처참한 죽음…….

　남겨진 사람들에게 그 죽음들은 각각 다른 의미를 갖는다. 그 자체도 가슴 아픈 일인데, 어떤 죽음엔 값이 매겨지는 게 세상이다. 그런 얄궂은 세상에 대한 반항으로 경호와 진영의 죽음을 맞바꾸는 발칙한 상상을 하게 됐다.(「남편이 살아있다」)

　각기 다른 죽음에 대한 해석을 넘어 남겨진 사람들은 그 죽음을 안고 살아가야 한다. 이런 이야기를 하고 있었는데, 김도연 소설가께서 이를 사랑으로 읽어주셨다. 다행이었고 감사했다. 돌이켜보니 죽음은 사랑의 부재였다. 사랑의 부재를 안고 살아가는 이들은 또 다른 시련을 맞기도 한다. 희수의 아버지가 억울한 교통사고를 당하지 않았더라면 희수의 형제들은 싸우지 않아도 됐고, 어쩌면 희수는 남자친구와 헤어지지 않았을지도 모른다.(「이별의 알리바이」)

사랑의 부재를 안고도 산 사람은 살아야 한다. 삶은 사랑의 다른 이름이다. 밥을 먹어야 육체가 살 수 있듯, 사랑을 받아야 마음이 살 수 있기 때문이다. 사랑의 부재 속에서 살아내기 위해 다른 사랑을 찾아야 하는 얄궂은 운명(「불편한 연애」)에 어설프기 짝이 없는 심심한 위로와 응원을 보낸다. 모두가 전기수처럼 죽은 연인을 따라갈 순 없으니까.

모두에게 고단한 2년이었다. 나도 마찬가지였다. 많은 활동이 제한된 시간은 글쓰기에 좋은 시간이라 여겼지만, 어수선한 사회 분위기에 덩달아 심란해졌다.

작가이기 이전에 생활인으로 통장의 잔고가 빈약해질 때면 평정심이 흔들렸고 아들은 고3이었다. 공부를 하든 안하든 수험생은 수험생이었다.

그럼에도 다음 작품을 기다린다는 독자 분들의 말씀이 나를 가장 행복하게 만들었고 버틸 수 있게 해주었다. 고단한 시대에 독자 분들이 나에게 위로를 준 것처럼 이 이야기들이 누군가에게 위로가 되기를 바라본다.

두 번째 책이 나오기까지 격려와 조언을 아끼지 않으며, 직간접적으

로 도움을 주신 선배 작가님들께 이 기회를 빌려 고마움을 전한다. 당
신들이 있어 조금은 덜 외롭다고.

2021년 12월
심현서

심현서 소설집

사랑한다는 착각, 이별의 알리바이

1판 1쇄 발행   2021년 12월 24일

지은이   심현서
발행인   윤미소
발행처   (주)달아실출판사

책임편집   박제영
디자인   전형근
마케팅   배상휘
법률자문   김용진

주소   강원도 춘천시 춘천로 17번길 37, 1층
전화   033-241-7661
팩스   033-241-7662
이메일   dalasilmoongo@naver.com
출판등록   2016년 12월 30일 제494호

춘천문화재단